누구나
쉽게
쓰는
우리말

서정오 글

보리

머리말

다른 사람들과 이야기를 하다 보면 기분이 좋아질 때도 있고 그렇지 않을 때도 있다. 어떤 사람 말에서는 향기가 난다. 말이 가지런하고 부드럽고 따스해서 들을수록 마음이 편안해진다. 그런 사람하고는 오랫동안 이야기를 나누고 싶어진다. 거꾸로 어떤 사람하고는 오래 이야기하면 쉬이 피곤해진다.

글도 그렇다. 어떤 글은 마법처럼 마음을 끌어당긴다. 글이 반듯하고 깨끗하고 이해하기 쉬워서, 읽다 보면 금세 감동하고 설득당한다. 그런 글은 오래 읽고, 두고두고 읽고, 다른 사람에게도 자꾸 권하게 된다. 거꾸로 어떤 글은 어렵고 어수선하여 몇 줄 읽지 않았는데도 머리가 지끈거려 온다.

말과 글은 곧 사람이다. 말도 그렇고 글도 그렇고, 생각과 삶에서 동떨어질 수 없으니까. 생각이 곧 말과 글이 되고, 거꾸로 말과 글이 생각을 만든다. 삶에서 말과 글이 우러나오고, 거꾸로 말과 글이 삶을 결정한다. 말을 바르게 하고 글을 바르게 써야 하는 까닭이 여기에 있다.

진심에서 우러나온 말과 글은 쉽고 분명하여 힘이 있다. 그래서 사람 마음을 움직인다. 쉬운 말은 거의가 우리말이다. 요새는 많이 배운 사람일수록 쉬운 우리말 쓰기를 어려워하는 것 같다. 오랫동안 어려운 말 쓰기에 길든 탓이다. 쉬운 말 쓰기가 어렵고 어려운 말 쓰기가 쉽다면, 이건 뭔가 잘못되었다.

이 책은 이런 생각을 바탕에 깔고 썼다. 우리말에 대해 이런저런 생각을 늘어놓았지만 뭘 많이 알고 쓴 것은 아니다. 그래서 지식이나 정보보다는 '생각할 거리'를 품은 글이 많다. 다시 말해 읽는 분들에게 '이건 이렇습니다' 하고 가르쳐 주는 대신 '저는 이렇게 생각합니다만, 어떨까요?' 하고 되묻는 느낌이 드는 글이다.

글 속에는 주장도 들어 있지만, 덮어놓고 '우리말을 바르게 써야 한다'고 우기고 싶지는 않았다. 그보다는 왜 그렇게 써야 하느냐를 차근차근 따지고, 그래서 결국 우리말을 바르게 쓰는 것이 더 쉽고 편한 길임을 보여 주려고 했다. 하지만 글재주가 없는 탓에, 또 생각만 앞선 탓에 설익은 글도 많을 줄 안다.

보잘것없는 글을 읽어 주시는 독자 여러분께 고개 숙여 절하며, 혹 잘못된 곳이 있으면 가르침과 꾸짖음을 보내 주시기를 바란다.

2020년 여름, 서정오

차례

우리말과 남의 말

이런 말 저런 말

세태를 담은 말

우리말의 씨와 날

아이들한테서 배우자
쉬운 글, 좋은 글

　세상에는 무슨 일을 하건 남을 먼저 생각하는 사람이 있는가 하면 자기를 앞세우는 사람도 있다. 남을 먼저 생각하는 사람은 언제나 조심스러워한다. 자기가 하는 일이 만에 하나 남을 불편하게 하지 않을까 걱정하기 때문이다. 그래서 때때로 소심해 보이기도 한다. 거꾸로 자기를 앞세우는 사람은 마음 내키는 대로 한다. 이것저것 생각하지 않고 자기 편한 대로 하기 때문에 언뜻 꽤 시원시원해 보일 수도 있다.

　글쓰기도 그렇다. 남을 먼저 생각하는 사람은 우선 글을 쉽게 쓴다. 무엇보다도 남이 읽고 잘 이해하도록 하는 것이 중요하기 때문이다. 글이 쉽다 보니 예사롭고 미지근해 보일 수도 있다. 거꾸로 자기를 앞세우는 사람들 글은 어렵다. 기분 내키는 대로, 제멋대로 쓰기 때문에 언뜻 개성 있고 멋스러워 보이기도 한다. 하지만 한 번 읽어서는 무슨 뜻인지 알아내기 어려울 때가 많다.

이쯤에서 이렇게 나무라고 싶은 분들이 있을지도 모른다. 남의 글을 그렇게 함부로 말하는 것도 제멋대로 아니냐? 그렇다면 글을 쉽고 맛없게, 밋밋하게만 쓰면 다냐? 개성이고 뭐고 다 버리라는 게냐? 다 옳은 말씀이다. 내 말의 고갱이는 그런 게 아니니, 조금만 참고 이야기를 더 들어 주시기 바란다.

글의 생명은 '소통'이다. 아무리 번드르르하게 치장한 글이라도 한 번 읽어서 무슨 뜻인지 알 수 없는 글은 좋은 글이 아니다. 그런 글은 읽는 이를 피곤하게 한다. '멋있어 보이는' 것은 옷이나 장신구에나 어울리는 것이다. 글은 말과 마찬가지로 무엇보다도 '알아들을 수 있어야' 한다. 그래야 좋은 글이 된다. 남을 배려하는 사람이라면, 글을 쓸 때 이 점을 맨 먼저 생각하지 않을까?

그런데 어른들이 쓰는 글을 보면 그게 아니란 걸 알게 된다. 논문, 비평, 신문 사설 같은 것은 말할 것도 없고 수필이나 칼럼도 쉬운 글보다는 어려운 글이 훨씬 많다. 어려운 한자말과 들온말로 칠갑한 글, 말을 바로 하지 않고 에두르고 비비 꼬아 안갯속을 헤매는 듯한 글, 화려한 말로 치장은 해 놨는데 정작 무슨 뜻인지는 모를 글, 온점도 반점도 없이 끝없이 이어지는 문장 때문에 숨 막히는 글……, 이런 글을 읽다 보면 글 읽는 게 무슨 암호 푸는 일이라도 되는 양 힘에 겹다.

어른들 글, 그 가운데서도 많이 배우고 많이 안다는 '지식인'들 글이 거의 이렇다. 글쎄, 한 번 읽고서 그 뜻을 대번에 알아차릴 수 있는 글이 얼마나 될까? 내 말이 못 미덥거든 지금 당장 책꽂이에 꽂힌 책 가운데 지식인이 쓴 책 한 권 뽑아 아무 데나 펼쳐 놓고 한 번 읽어 보자. 읽다가 '무슨 뜻이지?' 하며 되돌아가지 않고 술술 한 쪽 넘게 읽을 수 있는 책이 드물 것이다. 겉보기로 멋있어 보이고 화려해 보이는 글일수록 그럴 것이다.

글을 읽는 사람들은 누구나 '멋있어 보이는 글'보다는 '알아듣기 쉬운 글'을 더 읽고 싶어 한다. 그런데 글을 어렵게 쓰는 사람들은 읽는 이가 자기 글을 쉽게 알아듣느냐 아니냐에는 별로 관심이 없어 보인다. 그보다는 자기 글이 얼마나 멋있어 보이고 그럴듯해 보이는지를 중요하게 여기는 듯하다. 사실 뭔가 '있어' 보이려면 글이 너무 쉬우면 안 된다. 이를테면 옛날 주술사들이 주문을 외울 때는 무슨 말인지 모를 암호 같은 말을 썼다. 모두가 알아들을 수 있는 쉬운 말로 주문을 외우면 권위가 없어 보일 수 있기 때문이다. 알쏭달쏭하고 어려운 말일수록 신비로워 보이고, 효험 있어 보이는 것이다. (나는 이것을 '주술사 효과'라 일컫는다.) 오늘날 글을 어렵게 쓰는 사람들 마음이 이와 크게 다를까?

그런 어른들 글에 견주면 아이들 글은 참 쉽다. 어렵고 어수선한 어른 글을 읽다가 아이들 글을 보면 너무나 쉽고 투명해서 마음까지 다 맑아지는 것 같다. 아이들은 자기 글이 멋있어 보이는 걸 바라지 않는다. 그보다는 누구든지 자기 글을 읽고 그 속에 담긴 자기 마음과 삶을 알아주기를 바란다. 그런 마음으로 어찌 글을 어렵게 쓰겠는가. 보기 글을 몇 가지 읽어 보자.

나는 그때 아버지가 죽어서 학교에 안 갔다. 나는 아버지가 죽어서 울었다. 나는 참 많이 울었다. 엄마도 아버지가 죽어서 참 많이 울었다. 언니도 울었다. 오빠도 울었다. 아버지가 묘에 가는 것도 봤다. 아버지는 우리 집에 없습니다.

이미정, '아버지', 《아무도 내 이름을 안 불러 줘》

아버지를 잃은 슬픔을, 어떤 어른이 어떤 미사여구를 써서 이보다 더 절절하게 말할 수 있을까? 쉬운 글은 우리 마음을 울린다.

우리 집은 무슨 일인지 / 빚을 졌다. / 논 몇 마지기 팔고도 빚을 다 못 갚아서 / 재판장한테 가서 / 재판을 받았다. / 그런데 아버지께서

울면서 오셨다. / 아버지께서 / "형삼아, 너들 잘 살아라. / 형삼아 니가 크면 돈 없는 사람 도와 주어라." / 하며 울었다. / 나도 울었다.

김형삼, '빚', 《엄마의 런닝구》

읽다 보면 저절로 눈물이 난다. 가난 때문에 함께 우는 아버지와 아들 마음이 그대로 다가와서다. 설움이 가슴에 사무쳤겠지만, 아버지는 아들에게 커서 '돈 많이 벌어라'고 말하는 대신 '돈 없는 사람 도와 주어라'고 말한다. 우리는 여기서 그 무엇에도 비길 수 없는 깨끗하고 너그러운 마음을 만나 가슴이 먹먹해진다. 이것이 아이들 글이 가진 힘이다.

내가 냉이를 캐면 / 엄마 생각이 자꾸 난다. / 지난 여름에 돈 벌러 간다고 / 아무 일도 없이 그냥 나간 / 엄마 생각이 난다. / 엄마는 왜 안 올까? (줄임)

윤재현, '냉이', 《살아 있는 글쓰기》

아무런 꾸밈도 없이 담담하게 쓴 이 글을 읽다 보면 우리는 어느덧 글쓴이의 애틋한 마음속으로 빠져든다. 어머니가 보고 싶다는 말 한마디 없이 그 마음을 온전히 나타냈다. 쉽고 투명한 글쓰기 덕분이다.

　글을 제멋대로, 일부러 어렵게 쓰는 어른들은 이제부터라도 다시 글 쓰는 법을 배워야 한다. 아이들한테서 배워야 한다. 나부터 그래야겠다.

국어사전 거꾸로 쓰기
글을 쉽게 쓰는 방법 한 가지

재미 삼아 다음 문장을 읽고 뜻을 새겨 보자.

"사회적 존재로서의 인간은 시간적으로나 공간적으로나 고립된 상태로 생존할 수 없다."

대체 이게 무슨 뜻인가?

아무리 읽어 봐도 다음과 같은 뜻 말고 다른 뜻이 더 있을 것 같지 않다.

"사람은 언제나 어디서나 혼자서 살 수 없다."

그렇지 않은가?

이쯤에서 "에잇, 한자말 쓰지 말고 우리말 쓰자는, 늘 하던 얘기 또 하려고 그러는군." 하고 짜증은 내지 말기 바란다. 나는 지금 그런 얘기 하려는 게 아니다. 사실은, 앞 문장처럼 '어렵게 글쓰기'는 쉽지만, 뒤 문장처럼 '쉽게 글쓰기'는 무척 어렵다는 말을 하려는 참이다.

지금 이 글을 읽고 있는 분들은 아마도 학교교육을 충실하게 받고 책이나 신문, 잡지 같은 읽을거리를 꾸준히 읽으며 살아온, 이른바 '배운 사람'들일 가능성이 높다. 그렇다면 '사회적 존재로서의……'로 시작하는 앞 문장이 오히려 친숙하게 느껴질 것이다. 설마라고? 지금 당장 "실효성 있는 미세먼지 저감 대책을 위해서는 사고의 패러다임 전환이 긴요하다."는 문장을 쉬운 말로 고쳐 보자. 만만치 않을 것이다. 오히려 "미세먼지를 제대로 줄이려면 생각하는 틀을 바꾸어야 한다."고 쓰기가 더 어려울지 모른다.

그렇다면 깐깐하게 굴지 말고 그냥 가던 길로 가면 안 되나? 이렇게 생각할 수도 있다. 그러니까 너도나도 그냥 '사회적 존재로서의……'나 '사고의 패러다임 전환……' 같은 어려운 말(아니, 우리한테는 쉬운 말)을 쓰면서 살면 되지, 구태여 쉬운 말(사실 우리한테는 어려운 말)을 써야 하느니 어쩌느니 하면서 공연히 사람 괴롭히는 까닭이 뭐냐? 이렇게 말이다. 이 물음에 대한 답은 간단하다. 그렇게 하면, 어려운 말로 해서 '언어불평등이 심화된다'. 쉬운 말로 하면 '배운 사람과 못 배운 사람이 쓰는 말이 점점 달라져 층하가 진다'.

보통, 배운(사실은 헛것만 배웠을 가능성이 높은) 사람들은 글말을 쓰고, 못 배운(하지만 사는 데 필요한 것은 충분히 배운) 사람들은 입말을 쓴다. 앞에 보기로 든 문장을 다시 살펴보자. 글말과 입말이 얼마나 다른지 알 수 있을 것이다. 마치 다른 나라 말처럼, 토씨(조사) 몇 개 빼고는 아주 다르지 않나? 이래서는 민주사회, 문명사회로 갈 수 없다. 말을 하면 누구나 알아듣듯이 글을 쓰면 누구나 읽고 새길 수 있어야 한다. 그러려면 쉬운 우리말로 글을 쓰는 수밖에 없다.

그런데 아까도 말한 것처럼, 많이 배운 사람들은 쉬운 말로 글 쓰는 일이 되레 어렵다. 하도 오래 어려운 말로 된 글을 읽고 써 온 탓에 그만 몸에 푹 배어 버려서다. 이게 문제다. 그럼 어떻게 하나? 좋은 방도가 하나 있다. 국어사전을 거꾸로 쓰는 것이다. 보통 국어사전은 모르는 낱말 뜻을 알아볼 때 쓰지 않나? 그런데 이것을 거꾸로, 낱말 뜻풀이를 보고 쉬운 말을 찾아 쓰자는 것이다.

차근차근 말해 보겠다. 먼저 떠오르는 말을 그냥 그대로 글로 적는다. (아니면 머릿속에 정리해 둔다.) 보기를 한 가지 들어 보자.

현실에서는 불가능하고 기대할 수도 없는 일이 옛이야기 속에서는 다반사로 일어난다. 왜 옛사람들은 이런 황당무계한 이야기를 만들었을까?

이제 이 글 가운데 어렵고 미심쩍은 말, 쉬운 말로 바꾸어 쓰면 좋을 것 같은 낱말을 찾아본다. '불가능하고 기대할 수도 없는 일, 다반사, 황당무계한' 이런 말들이 걸린다. 이 가운데 '불가능하고 기대할 수도 없는 일'은 '일어날 수도 없고 일어나기를 바랄 수도 없는 일'로 쉽게 바꿔 쓸 수 있다. '다반사'는 '밥 먹듯이'로 바꿔 쓸 수 있지만 뭔가 어색한 느낌이 든다. '황당무계한'은 한자말이어서 쓰고 싶지 않은데, 대신할 마땅한 우리말이 언뜻 떠오르지 않는다. 이때 바로 국어사전이 필요하다. 낱말 뜻을 몰라서가 아니라, 바꾸어 쓸 쉬운 말을 얻으려고 그 뜻풀이를 보는 것이다. 위 낱말 뜻풀이를 보면 이렇다.

다반사 : 차를 마시고 밥을 먹는 일이라는 뜻으로, 흔히 있는 일을 이르는 말. (비)예사, 예삿일

황당무계하다 : 도무지 터무니없어서 이해할 수 없다.

《보리 국어사전》

옳거니, 이런 쉬운 말이 있었구나. 이 풀이를 써서 글을 고쳐 본다.

현실에서는 일어날 수도 없고 일어나기를 바랄 수도 없는 일이 옛

이야기 속에서는 예삿일처럼 일어난다. 왜 옛사람들은 이런 터무니 없는 이야기를 만들었을까?

그러고 보니 얼추 읽을 만한 글이 되었다.

그런데 이쯤 쓰고 보니, 이런 걸 무슨 대단한 발견이라도 되는 양 떠드는 내가 좀 한심하고 부끄럽다. 얼마나 '어려운 말 쓰기'에 익숙해져 있으면 이런 실없는 방법을 다 생각해 내었담! 그런데 쑥 스럽긴 하지만 나는 이 방법을 아주 쓸모 있게 잘 써먹고 있다. (방금도 머릿속에 먼저 떠오른 '유용하게'를, 사전을 찾아보고 '쓸모 있게'로 바꿔 썼다.)

한 가지 덧붙일 것이 있다. 이 방법도 아무 쓸모가 없을 때가 있으니, 바로 사전에 풀이말조차 어려운 말로 되어 있는 경우다. 그럴 때는 《쉬운 말 사전》(한글학회)이나 《우리말 갈래사전》(서울대학교 출판부)이 도움 될지 모른다. 그런 사전에마저 올라 있지 않은 말은, 힘들더라도 스스로 궁리해 바꿔 쓰든가 찜찜하더라도 그냥 쓰는 수밖에 없다.

아, 또 한 가지 덧붙일 것이 있다. 이렇게 애쓰지 않아도 쉬운 말이 절로 나오는 사람들은 절대로 이 방법을 쓰지 말기 바란다. 어린 아이들은 아예 흉내조차 내지 말아야겠지?

사투리가 촌스럽고 천한 말이라고?

사투리를 보는 눈

초등학교 국어 교과서를 살피다 보니 '차근차근 알아보며'라는 단원이 눈에 띈다. 공부할 문제는 '표준어와 방언에 대하여 알아봅시다, 방언을 조사하기 위한 계획을 세워 봅시다'와 같이 되어 있다. 말하자면 사투리에 대해서 공부하는 단원인 셈이다. 그런데 왜 사투리를 사투리라 하지 않고 굳이 '방언'이라고 했을까?

잘 알다시피 방언은 특정 지역에서 쓰는 말이다. 그러니까 표준말도 따지고 보면 방언 가운데 하나다. 1988년 문교부(현 교육부)에서 내놓은 규정을 보면 '표준어는 교양 있는 사람들이 두루 쓰는 현대 서울말'이라 해 놨으니 말이다. 그러고 보면 이 세상 말 가운데 방언 아닌 것은 없는 셈이다. 그러니 이 경우는 방언이라고 하기보다 사투리라고 하는 게 옳겠다.

그런데도 교과서에서 굳이 사투리 대신 방언이라는 말을 쓴 데는 까닭이 있어 보인다. 바로 사투리라는 말에 뭔가 낮추보는 느낌이 들어 있다고 봤기 때문이리라. 실제로 백과사전에서는 사투리라는 말을 '비하된 개념이므로 언어학 용어로 쓰이지 않는 것이 보통'《두산백과사전》이라고 설명한다. 그래서 어떤 이는 사투리 대신 '지방말'이란 이름을 쓰자고 주장하기도 하지만, 이 또한 방언이라는 말과 별 차이가 없다. 문제는 사투리라는 말을 속된 말로 보고 쓰기 꺼리는 바로 그 마음에 있다. 이미 사투리를 나쁘게 여기니 말을 아무리 바꾼들 무슨 소용이 있겠는가.

'표준어'라는 말도 껄끄럽다. 1988년 규정이 바뀌기 전까지는 '표준말'이라고 하다가 갑자기 '표준어'로 바꾼 내력이 궁금한데, 이 또한 '말'이라고 하면 '언어학 용어'가 되지 못한다고 본 것일까. 우리말은 속되고 들온말은 격이 높다고 여기는 바로 그 생각이 또한 문제다. '똥오줌'은 상스럽고 '배설물'은 점잖은가? '뒷간'은 더럽고 '화장실'은 깨끗한가? '부엌'은 촌스럽고 '주방'은 세련되었는가? '껄렁패'는 잡스럽고 '터프가이'는 멋있어 보이는가? 그렇다면 말을 고치려고 하기에 앞서 생각을 먼저 고치는 것이 옳다.

하지만 진짜 문제는 여기에 있는 것이 아니다. 교과서는 '방언'을 조사해 보자고 해 놓고는 끝내 사투리를 없애야 할 말로, 써서는 안 될 말로 못 박아 버렸다. '일상생활에서 표준어를 써야 하는 까닭에 대하여 이야기해 봅시다, 표준어를 사용하여 말하였는지 표시하여 봅시다'와 같은 지문이 그렇다. 그리고 사투리를 써서 역할극을 꾸며 보게 한 다음, 그걸 보면서 배를 잡고 웃게 함으로써 확실하게 사투리를 땅에 묻어 버린다. 이 단원을 공부할 때, 평소에 사투리를 쓰는 아이라면 아마 부끄러워서 고개를 못 들 것이다.

사투리 천대는 '표준어 규정'에서 이미 시작되었다. 처음에는 '중류사회에서 쓰는 서울말'이라더니 나중엔 '교양 있는 사람들이 쓰는 서울말'로 바뀌었다. 바뀌지 않은 것은 '서울말'이라는 것이요, 바뀐 것은 계급 대신 교양을 따지게 된 것이다. 쉽게 말하자면 이렇다. 옛날에는 표준말을 안 쓰면 중류가 못 되었는데, 요새는 표준말을 안 쓰면 교양 없는 사람이 된다. '중류'가 '교양'으로 바뀐 건 '상류사회'의 반발 때문이었을까?

사투리 욕보이기는 텔레비전이나 라디오 프로그램에서 드디어 막가기 시작한다. 연속극을 보면 대개 무식하고 가난하고 막돼먹은 사람이 사투리를 쓴다. 날건달, 범죄자, 술집 주인, 빈민 또는 세상 물정 모르는 시골뜨기가 그렇다. 누가 그러더라. 연속극 사투리에도 급이 있어서, 전라도 사투리는 아주 밑바닥 사람들이 쓰고 경상도 사투리는 힘깨나 쓰는 인물들이 쓰더라고. 그러고 보니 정말 그런 것 같다. 거기에 견주면 표준말은 대개 교양 있고 돈 많고 세련된 사람들이 쓴다. 재벌, 의사, 교수 같은, 이른바 '잘 나가는 사람'들 말이다. 이로써 텔레비전과 라디오는 사투리를 대놓고 욕보이는 데 성공했다.

사투리는 정말로 촌스럽고 천한 말인가? 무식하고 가난하고 막돼먹은 사람이 쓰는 말인가? 그래서 사투리를 쓰는 건 부끄러운 일인가? 텔레비전과 라디오는 확실히 그렇다고 말한다. 거기에 교과서도 한몫 거든다. 교과서가 사투리를 굳이 '조사'하게 하는 것만 봐도 그렇다. 조사는 예사로운 걸 하는 게 아니다. 이상하고 신기한 걸 조사하는 것이다. 아무도 표준말을 조사하지 않는 걸 보면 그렇다. 아무리 좋게 봐도, 교과서의 사투리 대접은 동물원 속 원숭이 대접보다 나아 보이지 않는다.

텔레비전과 라디오, 그리고 교과서가 아무리 사투리를 비웃어도 우리는 안다. 사투리는 나쁜 말이 아니란 걸. 그럼 사투리는 좋은 말인가? 아니다. 사투리는 그냥 말이다. 예사로운 말일 뿐이다. 모든 사투리가 다 그렇다. 이를테면 충청도 사람이 제주도 사투리를 놀리거나, 경상도 사람이 함경도 사투리를 비웃으면 안 된다. 나와 다르다고 해서 남을 비웃는 건 야만인이나 하는 짓이다. 우리가 우리말을 자랑스러워하고 남의 나라 말을 존중하듯이, 마땅히 내 사투리는 떳떳하게 여기고 남의 사투리는 귀히 여겨야 한다.

부디 오해 말기 바란다. 나는 지금 그러니까 표준말 같은 건 아예 쓸모없다고 주장하는 것이 아니다. 말이 소통을 위해 있는 거라면 표준말을 정하는 일도 당연히 필요하겠지. 하지만 그것은 다만 필요해서 만든 약속일 뿐이다. 애당초 서울말이 가장 '좋은 것'이고 '옳은 것'이어서 표준말이 된 것은 아니라는 얘기다. 학교에서 표준말을 가르치고, 책이란 책에 다 표준말을 쓰고, 신문방송에서 날마다 표준말을 하는 것으로 표준말 교육은 충분하다. 오늘날 우리나라에서 사투리 때문에 소통에 불편을 겪는 사람이 있는가? 그러니 이제 사투리 푸대접은 그만했으면 한다. 표준말만 떠받들고 사투리를 얕보는 일이 계속된다면 우리말은 점점 메말라 갈 것이다. 사투리를 떳떳한 말로 대접하는 길이 곧 우리말을 살리는 길이다. 몇 가지 보기를 들어 본다.

그 산에 인제 방구가 크다꿈한 게 부개덩어리 같은 게 백에 있는데, 숯껑을 그래 싸가주고 사무 그걸 달갔어요. 그 방구가 마구 이글이글 달 찍에 고마 쏘로 뚜루우 구부레지께네 막 콰콰 그면 물이 끓으이께네 참말로 용일랜동 고마 물에 마 툭 튀나와가주 자빠져부랬어요.

임재해, 《한국구비문학대계7-9》 경북 안동편

여기서 '크다꿈하다(제법 크다), 구부레지다(뒤집혀 굴러가다)'와 같은 말은, 그 맛이 표준말에 견줄 바가 아니다. '뚜루우, 콰콱'와 같은 흉내말도 감칠맛 난다.

그중에서 농악대가 되얐던지 무대사원이 되얐던지 좀 살콤한 사람이 있으면 달근달근하거든. 그러면 강짜가 시여서 눈으다 불을 써, 잡것이. 그리 갖고 나허고 여러 번 입다툼했고만.

신기남,《어떻게 허면 똑똑한 제자 한놈 두고 죽을꼬?》

'살콤하다(은근한 멋이 있다), 달근달근하다(탐탁해서 재미스러워하다)'와 같은 말은 씹을수록 재미나지 않은가. 이런 멋진 말을 버리고 무엇을 거둘 것인가.

아들은 못 낳구 딸을 하나 났는디, 어처게 아주 인물이 복철한지 당최 아주 고금이는 없어. 얽구서두 껌꾸 뻔덕거리구 모두 찍어달이구 응 모두 귀나구 이렇기 생깄어. 그리두 그걸 자식이라구 그거 하나 생겼으닝께 그냥, 딸이래두 그냥 키웠어.

박계홍,《한국구비문학대계 4-4》충남 보령편

여기서도 우리는 보석 같은 사투리를 만난다. '복철하다(보잘것 없이 생기다), 뻔덕거리다(번질거리다), 찍어달이다(일그러지다)'와 같은 말이 그것이다. 이런 멋진 말들을 다만 서울말이 아니라는 까닭으로 내칠 것인가.

말 병을 다스리는 명약

겹말, 어떻게 할 것인가?

"나는 매일마다 학교 갈 때 뭐든 하나씩 빠뜨리고 가요."

학교에서 돌아온 아이가 이렇게 말했다 치자. 이 말을 들은 어머니가 아이 말을 바로잡아 주기로 마음먹었다면 썩 괜찮은 결정을 한 셈이다. 그런데 어떻게 고쳐 줘야 할까?

"앞으로는 잘 챙기렴. 그런데 '매일마다'는 겹말이구나."

"그럼 뭐라고 해야 돼요?"

"그냥 '매일'이라고 하든지, '날마다'라고 하면 되겠네."

이때 어머니 대답은 나무랄 데가 없어 보인다. 겹말은 같은 말이

겹친 것이어서 둘 중 하나만 빼면 될 테니까. 그런데 내가 보기에 이 대답은 틀렸다고는 할 수 없어도 그다지 슬기로운 건 아니다. 왜 그런가를 따지기에 앞서 장면 하나를 더 살펴보자.

"감기가 다시 재발했나 봐요."

울상을 짓고 있는 아이에게 어디 아프냐고 물었더니 이런 대답이 돌아왔다. 이건 어떻게 고쳐 줘야 하나?

"병원에 가 보자꾸나. 하지만 '다시 재발'은 겹말이어서 듣기에 거북한걸."
"그럼 뭐라고 하죠?"
"그냥 '재발'이라고 하면 되지."

이 충고도 틀린 건 아니지만, 겹말 쓰는 버릇을 고치고 싶은 아이에게 큰 도움은 되지 못할 것 같다. 왜 그럴까? 이번에도 답을 내기에 앞서, 우리가 평소에 무심코 쓰는 겹말을 몇 가지 더 살펴보기로 하자.

그러나 마지막 말은 청중의 박수 치는 소리에 묻혀 버렸다.

여기서는 '박수 치는'이 겹말이다. 이걸 어떻게 고쳐야 할까? 얼핏 보면 '치는'이 군더더기니까 이걸 빼고 그냥 '박수 소리'라고만 하면 될 것 같다. 하지만 그건 좋은 방법이 아니다. '박수'라고만 하면 두 손을 마주쳐 소리를 낸다는 느낌이 잘 들지 않고, 그래서 자꾸만 '친다'는 말이 넣고 싶어질 테니까. 아이들이라면 더 그렇겠지. 많은 사람들이 '박수를 보냅시다' 대신에 '박수를 칩시다'라고 말하는 것만 봐도 그렇다. 그래서 이 경우는 '박수'를 '손뼉'으로 고치는 게 해답이다.

'투포환 던지기'도 마찬가지다. '투포환'에 이미 쇠공을 던진다는 뜻이 있으므로 '던지기'가 군더더기 같지만, 그래서 만약 '던지기'를 빼고 '투포환'만을 살려 두면 일이 더 꼬이기 십상이다. '투포환'만으로는 던진다는 느낌이 들지 않기 때문에, 많은 사람들은 거기에 기어이 '던지기'라는 말을 갖다 붙이고 싶어 할 것이다. 그래서 이 경우는 '쇠공(포환) 던지기'라고 해야 문제가 풀린다.

보기를 조금 더 들어야 할 것 같다. 겹말이 생긴 모양을 살펴보면 거의가 한자말이나 들온말에 우리말이 붙은 꼴이다. '역전앞'은 '역전+앞'이요, '한옥집'은 '한옥+집'이다. 왜 이렇게 됐을까? '역전'만

가지고는 도무지 '앞'이라는 느낌이 들지 않으니까 '앞'이라는 말을 가져다 붙였다. '한옥'만 듣고서는 얼른 '집'이 떠오르지 않으니까 '집'이라는 말을 갖다 붙인 것이다. 모양만 보면 '앞'과 '집'이 군더더기처럼 보이지만 실제로 듣고 느껴 보면 결코 군더더기가 아니다. '앞'과 '집'을 들어내면 도무지 말뜻이 살아나지 않는다.

그래서 '역전앞'을 '역전'으로, '한옥집'을 '한옥'으로 고쳐 쓰게 하면 겹말은 없어지지 않을 것이다. 사람들은, 특히 한자를 잘 모르는 아이들은 어떻게든 거기에 '앞'과 '집'이라는 말을 붙여서 말뜻을 분명하게 하려고 할 테니까. 그러면 어떻게 하지? 애당초 한자말에 뚜렷한 느낌이 들어 있지 않아서 그런 것이니, 아예 한자말을 빼 버리면 모든 것이 말끔하고 가지런해진다. '역전' 대신에 '역 앞'을, '한옥' 대신에 '기와집'을 쓰면 되는 것이다. 바보가 아닌 다음에야 '역 앞'이 못 미더워 구태여 그 사이에 '전'이라는 한자말을 끼워 넣거나, '기와집' 뜻이 아리송하다고 기어이 '한옥집'으로 바꾸어 말하지는 않을 테니 말이다.

무려 40여 시간 남짓 산속을 헤맸다고 한다.

여기서는 '40여 시간 남짓'이 겹말이다. 짐작컨대 이 문장을 쓴

사람은 '40여 시간'까지 말해 놓고도 40시간이 넘는다는 느낌이 얼른 다가오지 않았던 모양이다. 그러니까 '남짓'이라는 말을 더 넣어서 뜻을 뚜렷이 했다. 이것을 보고 쓸데없는 '남짓'은 왜 넣었느냐고 나무라서는 안 된다. '남짓'을 살려 두고 '여'를 빼는 것이 바른 길이다.

　　여타의 다른 동물들도 그 못지않은 의미를 지니고 있다.

　여기서는 '여타의 다른'이 그만 겹말이 되었다. 이 경우에도 '여타의'만으로는 뭔가 모자라서 무심코 '다른'을 더 넣었을 가능성이 크다. 그러니까 뜻을 분명히 하기 위해 들어간 '다른'을 빼서는 안 된다. 여기서는 '여타의'를 아예 빼 버려도 될 듯하고, 뺀 자리에 '그 밖에'를 대신 넣어도 좋겠다.

　'환호성 소리'나 '함성 소리'도 신문방송에서 자주 쓰는 겹말인데, 이것도 '환호성'이나 '함성'만 가지고는 큰 소리라는 느낌이 뚜렷이 전달되지 않아서 생긴 말이다. 요컨대 여기서 '소리'라는 말은 군더더기가 아니라 고갱이인 셈이다. 그러니까 '소리'를 빼자고 해서는 안 된다. 두말할 나위도 없이 이 경우에는 '환호 소리'와 '고함 소리'라는 말이 제격이다. '남은 여생(→남은 삶)'이나 '야심한 밤(→

깊은 밤), 과반 이상(→반 이상), 단상 위(→단 위)'도 모두 비슷한 이치로 생긴 겹말이다.

자, 이제 첫머리에 남겨 둔 문제로 되돌아가 보자. '매일마다'에서는 '마다'가, '다시 재발'에서는 '다시'가 고갱이다. 이걸 억지로 떼어 내면 안 된다는 얘기다. '매일'과 '재발'이 해답이 될 수 없는 까닭이 여기에 있다. 그러면 어떻게 해야 하나? '매일마다'에는 '날마다'가 약이라는 건 누구나 아는 바와 같다. 그러면 '다시 재발'은? '다시 생겼다'고 해야 하나? 그래도 되지만, 이 경우엔 '도졌다'라는 퍽 좋은 우리말이 있다. '병이 도졌나 봐'라고만 하면 아주 깔끔하게 뜻이 전달된다. 더 무슨 군더더기가 필요할까?

거의 모든 겹말은 한자말을 비롯해 들온말 때문에 생겼다. 그러니까 들온말 쓰기를 좋아하다 보면 자기도 모르게 겹말을 만들게 된다. 며칠 전에 방송을 듣다 보니 '나이답지 않게 맑은 얼굴을 가지고 있는 소유자'라는 말이 나오더라. '소유자'라는 일본식 한자말 쓰는 버릇 때문에 이런 겹말이 생겼다. 또 얼마 전 신문을 읽다 보니 '혹한의 추위를 무사히 견뎠다'는 구절도 있더라. 애당초 '혹한'이라는 한자말에 매달리지 않았으면 이런 겹말이 나올 리 없다. '영화배우 아무개 씨가 아무 영화제 주연상을 수상했습니다' 같은 말도 텔레비전에서 자주 듣는다. '상을 받았다'라고 하면 아무 문제가 없는 것을, 굳이 '수상'이라는 한자말을 쓰려고 하다 보니 이렇게 어색한 겹말이 되고 말았다.

거듭 말하지만, 겹말을 다스리는 명약은 바로 우리말을 쓰는 것이다. 하지만 오래 써서 굳어 버린 말은 비록 겹말이라도 보듬어 쓰는 수밖에 없다. 예컨대 '외갓집, 생일날, 국화꽃, 동해바다, 고목나무, 증조할아버지'와 같은 말은 마땅히 바꿔 쓸 우리말이 없는 경우다. 이런 것까지 겹말이라고 내치거나 억지로 뜯어고치면 쉬운 말이 오히려 어렵게 되고, 그것은 끝내 못 배운 사람들과 아이들에게 짐이 될 뿐이다. 말은 누구에게나 쉬워야 한다.

마음에도 없는 말, 마음에서 우러나오는 말
높임말, 어떻게 볼까?

이런 옛이야기가 있다. 어떤 집 처녀가 시집을 가게 됐는데, 혹시 딸이 시집가서 말실수나 하지 않을까 걱정이 된 친정 부모가 신신당부를 했다. "얘야, 시어른 앞에서는 반드시 높임말을 써야 한다. 잘 모르겠거든 말마다 '님'자와 '시'자를 넣어서 말하면 될 것이야." 딸은 그 말을 새겨듣고 시집을 갔다.

하루는 부엌에서 일을 하다가 밖이 시끌벅적해서 내다보니, 마당에 매어 놓은 소가 거적을 덮어쓴 채 껑충껑충 뛰고 그걸 본 개가 멍멍 짖어 댄다. 이때 안에서 시아버지가 내다보고 물었다. "얘, 무슨 일 났니?" 며느리는 공손하게 대답했다. "네, 소님이 거적님을 쓰시고 껑충껑충 뛰시니까 개님이 보시고 짖으시네요." 또 어떤 이야기에는 시아버지 머리에 검불이 붙은 걸 보고 며느리가 이렇게 말한다. "아버님 대갈님에 검불님이 붙으셨네요."

이처럼 잘못 쓴 높임말은 웃음거리가 된다. 그런데 이 말을 뒤집으면 높임말 쓰기가 그만큼 어렵다는 뜻도 된다. 자칫 잘못 썼다가는 웃음거리가 될 터이니 얼마나 조심스럽고 어려운 일인가. 그래도 별것 아니라고 생각하는 분들은 다음 문제를 풀어 보기 바란다. 어머니가 시장 간 사이에 할아버지가 와서 "에미는 어디 갔니?" 하고 묻는다. 뭐라고 대답해야 할까?

① 어머니께서는 시장에 가셨습니다.

② 어머니는 시장에 가셨습니다.

③ 어머니는 시장에 갔습니다.

④ 에미는 시장에 갔습니다.

놀랍게도 정답은 ④번이다. 우리말 높임법에는 '압존법'이라는 게 있어서, 말속 주인공보다 듣는 상대가 더 높으면 높임말을 쓸 수 없기 때문이다. 이 경우 부르는 말도 할아버지 쪽에 맞추어야 하므로 '어머니'는 안 되고 '에미'라고 해야 한다. (하지만 이 법은 현실에 맞지 않으니 없애거나 느슨하게 하여 ②번이나 ③번을 정답으로 받아들여야 할 것이다.) 아무튼 이쯤 되면 어른 앞에서는 말 한마디 하기도 어려워진다.

그러고 보면 우리말 높임법만큼 복잡하고 까다로운 것도 없다. 상대높임법만 하더라도 다음과 같이 네 가지 층이 있는데, 같은 층이라도 쓰는 말에 따라 미묘한 차이가 생기니 실제로는 더 잘게 나뉜다고 봐야 한다.

① 안녕히 주무셨습니까? 진지 잡수십시오. (합쇼체)

② 잘 주무셨소? 밥 드시오. (하오체)

③ 잘 잤는가? 밥 먹게. (하게체)

④ 잘 잤니? 밥 먹어라. (해라체)

어떤 이는 여기에 하소서체(안녕히 주무셨사옵니까? 진지 잡수시옵소서.)를 넣어 다섯 층을 만들기도 하고, 또 어떤 이는 비격식체로 '해요체'와 '해체'를 보태기도 한다. 글체에 주로 쓰이는 '하라체'를 더 넣는 이도 있으니, 이것만으로도 머리가 지끈거릴 지경이다.

어떤 사람은 우리말 높임법이 이렇게 복잡한 것을 두고 말법이 '발달'한 결과라고 하면서, 우리말의 '우수성'을 말해 주는 증거라고까지 말한다. 하지만 내가 보기에 그런 생각은 지나치다. 높임법이 복잡한가 단순한가 하는 것은 다만 '차이'일 뿐으로, 우수하냐

열등하냐를 가리는 기준이 될 수 없다.

높임말은 말 그대로 상대를 배려하여 높여 주는 말이다. 마땅히 존경과 사랑, 겸손과 양보를 나타내는 말이지 권위와 군림, 서열과 복종을 강요하는 말이 아니다. 그러므로 듣는 이보다 말하는 이 처지에 맞추어 틀을 만드는 것이 옳다. 아무리 번드르르하게 치장한 말이라도 말하는 이의 진심이 담겨 있지 않으면 올바른 높임말이라 할 수 없다. 이렇게 보면, 지나치게 복잡한 높임법은 오히려 소통에 걸림돌이 될 수도 있다.

높임말 속에 알게 모르게 스며든 권위의식을 발견할 때 이런 생각은 더 굳어진다. 높임법 가운데는 말꼴이 아주 달라지는 것도 있는데, 이를테면 '나이'를 높여 '연세(춘추)'라고 한다든지 '집'을 높여 '댁'이라고 하는 것 따위다. 어른한테는 "술 드셨어요?" 대신 "약주 드셨습니까?"라고 해야 하고, "아들딸은 몇이나 있어요?"라고 물으면 실례가 되니 반드시 "슬하에 자제는 몇이나 두셨습니까?"라고 해야 한다는 것도 마찬가지다. 듣다 보면 좀 이상하지 않은가? 왜 예사말은 다 우리말인데 높임말은 모조리 한자말인가? 딱딱한 한자말로 상징되는 권위주의 또는 사대사상과 떼어 놓고 이런 현상을 설명하기란 어려워 보인다.

이래서 높임법은 좀 더 너그럽게 다듬을 필요가 있다. 겹겹이 까다로운 규칙으로 칠갑한 말법은 결국 약자들을 기죽이기 때문이다. 아이들을 생각하면 더 그렇다. 아이들에게 높임말을 가르칠 필요는 있어도, 그것을 지나치게 강요하여 부담을 주지는 말아야 한다. 아이들에게 정말 필요한 것은 마음에서 우러난 존경과 배려이지, 마지못해 앵무새처럼 외워야 하는 말법이 아니기 때문이다. 예컨대 일기장에 '오늘도 아빠께서는 약주를 드시고 늦게 들어오셨습니다'라고 쓰면서 속상해하는 아이보다는 '아버지는 나하고 놀다가 넘어져서 허허 웃었습니다'라고 쓰면서 즐거워하는 아이 마음이 더 건강하지 않겠는가.

"저는 한때 학교 선생님으로 일한 적이 있어요. 하루는 학교 마치고 돌아오는 길에 아는 이웃 학교 선생님을 만났지요."

여기에는 '선생님'이 두 번 나오는데, 한 번은 자기를 가리키고 한 번을 남을 가리킨다. 남을 높여 부르는 거야 당연하지만, 자기마저 선생님이라고 높여 부른 것은 아무래도 어색하다. 이 경우 자기를 가리킬 때는 마땅히 '교사'나 '선생'이라고 써야 한다.

그러고 보니 요새 선생님이라는 말은 그다지 대접을 못 받는 것 같다. 가게에서 일하는 사람한테서 들은 얘긴데, 물건 사러 온 손님들한테 '선생님'이라고 하면 싫어한다는 것이다. '사장님'이나 '사모님'이라고 해야 좋아한다나. 대학교 교수들 가운데도 '선생님'이라고 부르면 화를 내는 사람이 있다는 말을 들은 적이 있다. '교수님'이라고 불러야 한다는 것이다. 그것 참 알다가도 모를 일이다. 정약용 선생이나 김구 선생이 요새 살아 있다면 어떨까. 정약용 부사님이나 김구 주석님이라고 불러 주기를 바랄까. 그럴 것 같지는 않은데.

"옛날 옛적 어느 곳에 가난한 농사꾼이 살았어. 자기 땅이 없으니까 남의 땅이나 부쳐 먹고 살았지."

이렇게 입말로 쓴 글을 읽기에 거북하다고 하는 사람이 있다. 왜 그런가 하고 물어보면 '반말을 듣는 것 같아서' 그렇다고 한다. 그렇다면 두 가지를 잘못 생각한 것이다.

첫째, 저런 입말은 반말이 아니라 예사말이다. 반말은 높임말도 아니고 예사말도 아닌 어정쩡한 말을 가리킨다. 그러니까 '하게체' 말이나, 들었다 놓았다 하는 어중간한 말이 진짜 반말이다. (어떤 이는 이른바 비격식체인 '해체'를 반말이라 하기도 하지만 본디 말뜻과는 거리가 있다.)

둘째, 만약 예사말이어서 듣기 거북하다면 이 세상 거의 모든 글이 다 거북해야 옳다. 생각해 보면, 신문이고 책이고 거의 모든 인쇄매체에서 우리는 '-다, -다, -다.'로 끝나는 글을 읽는데, 이런 말투는 결코 정중한 높임말이 아니다. 거북하다고 느끼는 까닭은 입말이어서 그렇지, 예사말이어서가 아니다.

이래저래 높임말은 사람을 편하게 하기보다 번거롭게 하는 경우가 더 많다. 무엇보다도 공부하는 학생들을 꽤나 괴롭힌다. 알쏭달쏭한 높임법 때문에 국어 시험 볼 때 고생깨나 했던 기억쯤은 누구한테나 있다. 게다가 번거로운 높임말은 아직 높임말을 잘 모르는 아이들을 고생시킨다. 자칫 잘못 말했다가는 꾸지람을 듣거나 웃음거리가 될 수도 있으니 얼마나 짐스러울까. 또 지나친 높임말은 남의 아랫자리에 있는 많은 어른들에게도 '스트레스'를 준다. 마음에도 없는 말로 존경하지도 않는 상대를 높여야 하는 건 고역에 가까울 테니까.

그래서 나는 감히 제안한다. 아이들이 어른에게 "나이가 몇이세요?" "어디 아프세요?" 하고 물어도 야단맞지 않는 세상을 만들자고. 중요한 것은 겉치레가 아니라 마음에서 우러난 관심과 배려, 그리고 사랑과 존경이 아니겠는가.

집사람과 바깥양반

부름말에 대하여

언젠가 우리말 얘기를 하면서 '미망인(아직 죽지 않은 사람)'이 여자를 차별하는 고약한 말이라고 했더니 어떤 이가 그러더라. 미망인이란 말에 본디 그런 좋지 않은 뜻이 들어 있었다 해도 요새 누가 그런 뜻을 다 새기면서 말을 할 것인가, 그러니 뜻을 의식하지 않고 쓴다면 굳이 문제될 게 없지 않겠느냐고. 딴은 그렇다마는 말이란 게 자꾸 하다 보면 그 말속에 숨은 정신까지 시나브로 스며들게 되니 어쨌든 조심할 일이다.

말이 나왔으니 말이지만 미망인 말고도 여성을 가리키는 말에는 뜯어보면 마뜩잖은 것이 한둘이 아니다. 우선 남의 아내를 점잖게 이른다는 '부인'만 해도 그렇다. 이것을 풀어 보면 '지아비의 사람' 다시 말해 남편한테 매인 사람이란 뜻이다. 사실 '부인'이라는 말은 '정경부인, 정부인, 숙부인'처럼 벼슬하는 남자들이 자기 아내를 백성 아내들과 '차별화'하려고 만든 말에서 나왔다. 그리고 더 따지고 들어가면 이것은 우리말이 아니라 중국에서 들어온 남의 말이다. 그래서 찜찜하기는 하다마는, 이런 건 여태 워낙 널리 써 오던 말이고 마땅히 대신할 말도 없으므로 그대로 쓸 수밖에 없겠다.

그런데 아직도 대통령 부인을 가리켜 '영부인'이라고 하는 사람이 있더라. 남편이 높은 사람이니까 아내도 보통 사람들과는 뭔가 달리 일컬어 주는 게 예의라 여겼는지 모르지만, 생각해 보면 이런 것이 다 여성을 차별하는 마음에서 나온 것이다. 여성이 정말 '독립된 인격'을 가진 사람이라면 남편 벼슬에 따라 그 이름까지 왔다 갔다 해서야 될 말인가. 그리고 사실 이 '영부인'이란 말은 '합부인'과 함께 옛날부터 남의 아내를 높여 부르는 말이었다. 그러니 대통령뿐 아니라 어떤 사람한테라도 쓸 수 있다. 다만 '어부인'이라는 말은 일본말이니 안 쓰는 게 좋겠다.

'사모님'은 본디 여자 스승 또는 스승의 아내를 일컫던 말인데 요새 와서 결혼한 여자를 높여 부르는 말로 바뀌었다. 나이 든 여자를 스승 또는 어머니와 같은 격으로 존경한다는 뜻에서 나쁘지 않은 말이긴 하지만, 요새 텔레비전 같은 데서 워낙 이 말을 우스갯감으로 삼다 보니 말맛이 좀 이상해졌다. 누구든지 잔뜩 꾸민 말투로 '싸아모님'이라고 하면 왠지 좋게 들리지는 않는다. 그런데 이 말도 남편 지위에 따라 '회장 사모님, 사장 사모님, 목사 사모님'처럼 바뀐다 하니, 세상이 아무리 좋아졌다 해도 여성들을 일컫는 말들은 크게 달라지지 않는 듯 하다.

'집사람'이라는 말은 남자가 자기 아내를 가리키는 말로 두루 쓴다. '이 사람은 제 집사람입니다'처럼. '집에 있는 사람' 또는 '집에서 일하는 사람'이라는 뜻으로 하는 말 같은데, 언뜻 이 세상 아내들은 모두 집에 있어야 한다는 뜻으로 들려 썩 개운치 않다. 거기에 견줘 남편은 보통 '바깥양반'으로 일컬어진다. '바깥양반은 일이 있어 좀 늦을 거예요'처럼. 이 또한 남성은 바깥에서 일을 해야 남자 구실을 할 수 있다는 말로 들려 좀 찜찜하다. 아내가 바깥일을 하고 남편이 집안일을 하면 어디가 덧나나?

'집사람'이나 '바깥양반' 같은 말은 어떤 틀을 만들어 놓고 사람을 그 틀에 집어넣는 말이다. 그래서 좋은 말이라고 하기 어렵다. '마누라'는 허물없는 느낌을 주는 말이지만 격식을 차린 자리에서는 쓰기 어렵고, '신랑'은 갓 결혼한 남자를 뜻하는 말이어서 보통 남편을 가리키는 말로는 알맞지 않다. 아이 이름을 빌어 누구 엄마, 누구 아빠 하는 것도 예사로운 말이긴 하나 괜히 아이에게 업혀 간다는 느낌이 들어 썩 탐탁지는 않다. 그래서 내 생각에는 이런 말보다 '아내, 남편'이라는 색깔 없는 말을 많이 썼으면 좋겠다. "이 사람은 제 아내입니다." "남편은 일이 있어 좀 늦을 거예요." 이보다 더 편하고 알아듣기 쉬운 말이 어디에 있을까.

지체 높은 '사모님'들은 종종 남편을 직함으로 일컫더라. 이를테면 '회장 사모님'은 자기 남편을 '회장님'이라 일컫고 '사장 사모님'은 자기 남편을 '사장님'이라 일컫는다. 둘만 있을 때 부르는 말로 그러면 누가 뭐라나? 남 앞에서도 예사로 그렇게 말하니, 예절을 모른다고밖에 말할 수 없다. 이런 것이 바로 현대 신분사회가 낳은 말이 아닐까. 옛날에는 양반 상것으로 신분을 갈랐지만 요새는 부자 가난뱅이로 신분을 가른다는 점이 다를 뿐이다. 예나 이제나 신분사회에는 병든 말이 생기게 마련이다. 병든 말은 병든 마음에서 나온다.

아내와 남편이 서로를 부르는 말도 여러 가지다. 요새 젊은이들 가운데는 남편을 '오빠'라고 부르는 이들이 많던데, 결혼 전에 선후배로 사귀면서 부르던 말을 편하게 그냥 쓴다는 점에서 아주 이해 못 할 말은 아니다. 하지만 나 같은 구닥다리가 듣기에는 아무래도 어색하다. '진짜 오빠는 어쩌라고?' 식으로 나무라자는 게 아니다. 나이에 매달린 부름말이어서 평등한 관계라기보다는 상하관계라는 느낌이 짙어서 그런다. 공평하게 하자면 아내가 나이 많을 때는 남편 쪽에서 '누나'라고 불러야 하는데, 실제로 남자들은 아내가 저보다 나이가 많아도 그냥 이름을 부르더라. 이건 불공평하지 않나. 그러지 말고 그냥 서로 이름을 부르면 안 되나? 이름만 달랑 부르기가 뭣하면 뒤에 높임가지를 붙여 '아무개 씨'라고 불러 주는 건 어떨까.

아내나 남편이 서로를 '여보'라고 부르는 건 점잖은 일이다. '여보'는 '여기 보오'를 줄인 말로서 상대를 어지간히 높여 주는 뜻이 있다. 부부가 서로 '자기'라고 부르는 것도 듣기에 좋다. 옛날 어른들도 부부 사이에 '이녁' 또는 '자기'라는 말로 서로를 불렀다. 이 말들은 상대를 함부로 낮추지 않고 알맞게 대접해 준다는 점에서 아름다운 말이다.

더구나 '자기'는 상대를 내 자리에서가 아니라 바로 상대 자리에서 봐 준다는 점에서 꽤나 예쁘고 사랑스러운 말이다. '자기'는 본디 말하는 이가 스스로 부르고 가리키는 말이 아닌가. 그런데 이것이 상대를 부르거나 가리키는 말이 되었으니 얼마나 오묘한가? 부부 사이에서 이보다 더 뜻깊은 부름말은 없을 듯하다.

쌀 닷 되, 나무 석 집
수를 세는 말

어릴 적 아버지는 집에서 일을 하다가 새끼줄이 모자라면 나더러 이웃집에 가서 새끼줄을 꿔 오라고 심부름을 시켰다. 그때 내가 "몇 발이나 꿔 올까요?" 물으면 '대여섯 발' 또는 '여남은 발' 꿔 오라고 해서 나를 어리둥절하게 했지. "아니, 다섯 발이면 다섯 발이고 여섯 발이면 여섯 발이지 대여섯 발은 대체 뭐람." 하릴없이 이웃집에 가서 아버지 말을 그대로 전하여 '대여섯 발'을 달라고 하면 그 집에서는 두말 않고 새끼줄을 내주었다. 집에 와서 재어 보면 거의 일여덟 발은 됐다. '여남은 발'이라고 했을 때는 줄잡아도 열두서너 발은 됐고.

우리말에서 셈씨(수사)나 셈매김씨(수관형사)는 이렇듯 한데 뭉뚱그려 세는 말이 많다. 다섯 안쪽에만도 '한둘, 두엇, 두서넛, 서넛,

네댓, 너더댓'이 있고, 열 안쪽에는 '댓, 대여섯, 예닐곱, 일여덟'이 있다. 모두가 딱 부러지게 세는 말이 아니라 대강 얼마쯤이라고 싸잡는 말이다. 우리말에는 왜 이렇게 뭉쳐 세는 말이 많을까? 내 생각에는 뭐든 넉넉하게 세는 것을 미덕으로 여기던 옛사람들 마음씨에서 비롯된 게 아닐까 싶다. 옛날에는 뒷박에 쌀을 될 때도 자로 잰 듯 깎아 되는 것은 인정머리 없는 짓이라 여겨 철철 넘칠 만큼 수북하게 담는 일이 예사였으니 말이다. 물건을 팔 때도 얼마에 몇 개씩 정해진 대로 주는 게 아니라 덤으로 얼마씩 더 얹어 주는 걸 좋게 여기지 않았던가. 이런 넉넉한 마음씨가 물건을 셀 때도 매몰스럽게 딱딱 끊어 세기보다는 한데 뭉뚱그려 어중간하게 세는 버릇을 낳은 것 같다.

우리말 셈매김씨 가운데 여섯 안쪽을 나타내는 말은 가짓수가 많고 까다로워서 헛갈려 하는 사람이 많다. 이를테면 과일을 셀 때는 '세 개, 네 개' 하지만 종이를 셀 때는 '석 장, 넉 장'이라고 하고, 고기 무게를 달 때는 '서 근, 너 근'이라고 한다. 그뿐 아니다. 짚단 같은 걸 셀 때는 '다섯 단, 여섯 단'이라고 하지만 곡식 같은 걸 될 때는 '닷 되, 엿 되'라고 하니 참 골치가 아프다. 어떨 때 어떤 말을 쓰는가? 딱 부러지는 규칙은 없지만 대강 다음과 같은 테두리를 기억해 두면 도움이 될 듯하다.

우선, 첫소리에 ㄷ과 ㅈ이 오는 매인이름씨(의존명사) 가운데는 '석, 넉'을 받는 말이 많다. '단, 달, 대, 동, 자, 장, 접, 줄, 짐, 집' 같은 말이 다 그렇다. 하지만 '덩이, 도막, 두름, 자락, 줄기'처럼 두 마디 넘는 말은 그렇지 않고, '냥, 섬' 같은 말은 첫소리에 상관없이 '석, 넉'을 받으니 예외가 많은 셈이다.

그런가 하면 무게나 들이, 넓이를 재는 매인이름씨 가운데는 '서, 너'를 받는 말이 많다. '근, 돈, 마지기, 말, 발, 푼, 홉' 따위가 다 그런데, 이 경우 다섯과 여섯이 되면 각각 '닷, 엿'으로 그 꼴이 바뀐다. 다만 '냥, 섬'만은 예외여서 셋 넷일 때는 '석, 넉'을 받지만 다섯 여섯이 되면 '닷, 엿'을 받으니 주의할 일이다. 이를테면 '쌀 서 말 닷 되에 돈 석 냥 닷 푼' 하는 식이다.

'가웃'은 절반을 가리키는 말로서, 대개는 혼자 쓰이기보다 앞말에 붙어서 쓰인다. 가령 보리쌀 '석 섬 가웃'이라고 하면 보리쌀 옹근 석 섬 위에 절반쯤이 더 있다는 뜻이다. 옹근 것이 하나뿐일 때는 그냥 세는 말만 써서 '자가웃, 되가웃'이라고도 하는데, 이는 물론 한 자 또는 한 되에 절반쯤 더 있는 상태를 가리킨다. 그런데 여기에도 미묘한 뜻이 숨어 있어서, 그 우수리가 절반이 채 안 되면 굳이 '가웃'이라 하지 않고 그냥 '남짓'이라 한다. 그러니까 '가웃'에는 적어도 절반, 아니면 절반이 조금 넘는다는 뜻이 들어 있는 셈이

다. 그래서 만약 곡식이 한 되 서너 홉쯤 되면 그냥 '한 되 남짓' 또
는 '한 되가 좋다'고 하고, 한 되 대여섯 예닐곱 홉쯤 돼야지 비로소
'되가웃'이라 하는 것이다. 여기서도 우리는 옛사람들의 넉넉한 마
음씨를 만난다.

세는 말에 두 가지가 있는 것도 종종 우리를 헷갈리게 한다.
12를 두고 '십이'라고도 하고 '열둘'이라고도 하니 말이다. 나이를
말할 때도 우리말 '살'로 하면 '열두 살'이 되는데 한자말 '세'를 쓰
면 '십이 세'가 된다. '열두 달'을 '십이 개월'이라고 하는 것도 같은
이치다. 같은 값이면 우리말을 쓰는 게 좋겠지만, 어떤 경우에나 두
가지 말을 섞어 써서는 안 된다. 이를테면 57을 '오십일곱'이라고
하는 것 따위이다.

왜 이런 일이 생기느냐면 아라비아숫자 읽기에 뚜렷한 규칙이
없어서 그렇다. 만약 '7일'이라고 써 놓으면 다들 '칠일'이라고 읽지
만 '7시'는 '일곱 시'로 읽어야 한다. '7시'는 '칠시'로 읽기 쉬운데도
말이다. 그래서 아이들은 때때로 '7시'를 '7곱 시', '5개'를 '5섯 개'로
쓰는데, 이는 아주 자연스러운 일이다. 소리 나는 대로 적으려다 보
니 절로 그렇게 되는 것이다. 내 생각에는 '일곱'으로 소리 나는 것
은 아예 우리말로 적고, '칠'로 소리 나는 것만 아라비아숫자로 적
는 게 좋을 것 같다.

날을 세는 우리말은 어느 것이나 예쁘고 감칠맛 난다. '일일, 이일, 삼일……'보다 '하루, 이틀, 사흘……' 쪽이 더 맛깔스럽지 않은가. 그런데 가끔 날짜를 나타내는 말과 동안을 나타내는 말이 같아서 헷갈리기도 한다. 이를테면 '사흘'은 어떤 달 '3일'을 나타내기도 하고 '3일 동안'을 뜻하기도 하는 것이다. 그래서 옛사람들은 날짜를 말할 때 흔히 뒤에 '날'을 붙여서 '초사흗날, 열이렛날, 스무하룻날'처럼 말했다. 열나흗날이 지나면 열닷샛날이라 하지 않고 보름(날)이라 했는데, 음력으로 이날이 되면 보름달이 뜨기 때문이다. 스무여드렛날이나 스무아흐렛날 다음에는 그믐(날)이 온다. 이날은 그 달 마지막 날이고, 해가 지면 달이 뜨지 않는 그믐밤이 된다.

요새는 이런 말을 별로 쓰지 않는데, 날짜를 나타내는 말은 워낙 굳어져 바꾸기도 힘들 뿐더러 굳이 바꿀 까닭도 없을 것 같다. 이를테면 양력 1월 4일을 '일월 사일'이라고 하는 것이 알아듣기 쉽지, '정월 초나흗날'이라고 하면 도리어 어수선하다.

하지만 동안을 나타내는 말은 우리말을 살려 쓰는 게 좋겠다. 이를테면 1월 4일부터 7일까지를 '4일 동안'이라고 하기보다 '나흘 동안'이라고 하면 말맛도 좋고 알아듣기도 쉽지 않을까. 봄방학을 며칠 동안 하느냐는 물음에도 '십이 일 동안'이라고 대답하기보다 '열이틀 동안'이라고 말하는 편이 더 나아 보인다.

이참에 아이들과 함께 우리말로 수 세기 놀이라도 해 보는 건 어떨까. 하나부터 아흔아홉까지 연달아 세기, 번갈아 세기, 건너뛰어 세기, 또는 달력 보고 우리말로 날짜 말하기……. 이런 놀이를 하다 보면 우리말 셈씨나 셈매김씨가 얼마나 아름다운지 알게 될 것이다. 어쩌면 우리말로 수를 세는 일이 그리 만만치 않다는 걸 깨닫고 놀랄지도 모르지만.

그런 말, 아닌 말
잘못 쓰는 말, 써도 되는 말

오래전 일이다. 어떤 사람과 이야기를 하다가 '증조할아버지'라는 말을 두고 한참 동안 옥신각신한 적이 있다. 그 사람은 그게 겹말이니까 써서는 안 된다고 했고, 나는 굳이 따지자면 겹말이긴 하지만 써도 좋은 말 아니냐고 했다. 그이가 끝내 주장을 굽히지 않아서, 그럼 어떻게 말해야 하느냐고 물으니 '증조부'라고 해야 한단다.

말에 너무 엄격한 잣대를 들이대면 숨이 막힌다. 그런 논리대로라면 '동해바다'나 '서해바다'가 다 틀린 말이 된다. '모래사장'이나 '고목나무'도 마찬가지다. 겹말을 쓰지 말자는 주장은 좋지만, 이미 많은 사람이 널리 써서 입에 익은 말은 그대로 쓰는 것이 좋겠다. (국립국어원에서도 입에 익은 겹말은 거의 표준어로 정해 놨다.)

겹말뿐 아니라 우리가 쓰는 '틀린 말'에는 두 가지가 있다. 하나는 아직 그렇게 쓰는 사람이 많지 않아서 얼마든지 바로잡을 수 있는 말이고, 하나는 이미 그렇게 쓰는 사람이 너무 많아서 바로잡기 힘든 말이다. 앞엣것은 두말할 나위 없이 고쳐야 하지만, 뒤엣것은 써도 되는 말로 보는 게 좋겠다.

이를테면 '우연찮게'라는 말이 있다. 많은 사람들이 "어제 그 사람을 우연찮게 만났지 뭐니?"처럼 말한다. 엄격히 따지면 이 말은 틀렸다. 말 그대로 풀면 '우연찮다'는 건 '우연하지 않다'는 뜻이니 반드시 그렇게 될 일이나 약속된 일을 가리킬 때 써야 한다. 그런데 보통은 이 말을 '우연히'라는 뜻으로 쓰니 잘못 쓰는 것이다. 마땅히 "어제 그 사람을 우연히 만났지 뭐니?"라고 해야 한다.

하지만 너무 많은 사람들이 그렇게 말하고, 듣는 사람도 으레 그런 뜻으로 받아들인다. 이 경우 서로 맞서는 말이 같은 뜻으로 쓰이며, 소통에도 큰 문제가 없다. 문제가 없으면 써도 되는 말로 보아도 좋지 않을까? 구태여 틀렸다고 지적하고 바로잡는 일이 더 성가실 수도 있으니까. 하지만 어렵지 않다면 '우연히'를 쓸 곳엔 정확하게 '우연히'를 써 주는 게 더 좋겠지. 아무튼 말이라고 하는 것은 돌고 돌면서 소리나 뜻이 조금씩 바뀌기도 하니, 지나치게 본모습이나 본뜻에 매달리지는 말 일이다.

또 이런 말은 어떨까?

조바심은 더욱 심해지고 안절부절 견딜 수가 없었다.

여기서는 '안절부절'이라는 말 때문에 좀 헛갈린다. 거의 모든 국어사전들이 '안절부절못하다'를 바른 말로 올려놓고 '안절부절하다'는 틀린 말로 규정해 놓았다. 그런데 많은 사람들은 '안절부절' 네 글자만 들어도 이미 어쩔 줄 모르고 조바심치는 모습이 떠오르니 이를 어떡하나? 거기에 다시 '-못하다'를 붙이면 도로 반대되는 뜻으로 들리지 않을까? 그런데 신기하게도 이 경우 또한 서로 맞서는 두 말이 다 같은 뜻으로 쓰이며, 그래도 별로 혼란스럽게 느껴지지 않는다.

사실은 '안절부절'에 이미 앉지도 서지도 못하고 안달하는 모습이 담겨 있지만, 오랫동안 많은 사람들이 '안절부절못하다'를 버릇처럼 써 오면서 말꼴이 굳어진 것이다. 어쨌든 이 경우 또한 너그럽게 두 가지 말을 다 받아들여도 되지 않을까 싶다. 하지만 말을 바르게 쓰고 싶어 하는 사람이라면, 많은 국어사전이 정해 놓은 대로 '안절부절못하다'를 바른 말로 알고 쓴대서 불편할 일은 없을 것 같다.

"어머, 이건 어릴 때 보던 윷판하고 확실히 틀려요."

이와 같이, 많은 사람들이 '다르다'를 쓸 자리에 '틀리다'를 쓴다. '다르다'는 '같다'와 맞서는 말이요, '틀리다'는 '맞다'와 맞서는 말이니 이 둘을 섞갈리게 쓰는 건 잘못이다. 그런데 여기에는 단순히 말뜻을 가리는 일보다 더 심각한 문제가 숨어 있다.

무슨 말인고 하니 '다르다'고 할 때는 다만 둘 사이에 차이가 있다는 느낌만 전해지지만, '틀리다'고 하는 순간 뭔가 부정하고 깎아내리는 느낌이 확 다가오는 것이다. 이를테면 '그건 이것과 달라'라고 할 때보다 '그건 이것하고 틀려'라고 할 때, 이것은 옳고 그것은 그르다는 느낌이 더 짙게 풍긴다. 말하자면 이 말버릇에는 곧 '다름'을 받아들이지 않는 우리 사회의 못난 모습이 담겨 있는 건 아닌지? 지나친 생각일지도 모르지만, 아무튼 이래서라도 '다르다'와 '틀리다'는 분명하게 가려 썼으면 좋겠다.

"우리 할아버진 참 주책이셔."

이런 말은 어떨까? '주책'의 말밑(어원)을 따져 한자말 '주착'을 끌어내고 거기에서 '주인 된 이로서 자리 잡음'이라는 뜻을 가지런히 한 다음, 그러니까 '주책없다'가 맞는 말이라고 주장하는 건 내가 봐도 괜한 고생 같다.

하지만 '주책없다'와 '주책이다'가 같은 뜻으로 쓰이는 건 썩 개운치 않다. 서로 맞서는 말인데도 말이다. 하긴 국어사전에도 '주책'이 줏대 있다는 뜻과 줏대 없다는 뜻을 함께 가지고 있다고 풀어 놓았으니 섞갈려도 어쩔 수 없는 일이긴 하다. 그래도 내 생각에는 '주책없다'와 '주책이다' 가운데 하나를 골라 쓰는 것이 혼란을 피하는 길일 듯하다. 실제로 '주책없다' 쪽이 더 널리 쓰이는 것 같으니, 이 경우도 "우리 할아버진 참 주책없으셔."로 쓰는 편이 좋을 것 같다.

"그건 굉장히 볼품없어 보여요."

'굉장하다'는 매우 크고 많고 대단하고 훌륭하다는 뜻을 가진 말이다. 그래서 입이 딱 벌어질 만큼 놀랄 만한 모습을 봤을 때 사람들은 저도 모르게 이렇게 소리친다. "야, 정말 굉장하구나!" 그런데 이 말이 어찌씨(부사) 꼴 '굉장히'로 바뀌면서 어떤 성격을 두드러지게 나타낼 때도 쓰이게 되었다. "저 이 음식 굉장히 좋아해요." "오늘 말씀 굉장히 멋졌어요." "난 너희들을 굉장히 사랑한단다."

여기까지는 좋은데, "보기보다 굉장히 작아요." "틈이 굉장히 좁군요." "나 참 굉장히 못난 사람이지?" 이쯤 되면 아무래도 어색하다. '크고 많고 대단하고 훌륭하다'는 본디 뜻과 어울리지 않기 때문이다. 이때는 '굉장히' 대신에 '무척, 아주, 몹시, 매우'를 쓰면 좋겠다. 어떤 이들은 '매우, 아주, 몹시'도 뜻이 조금씩 다르므로 가려 써야 한다고 주장하지만, 내가 보기에 그것은 지나치다.

무엇이든 지나치면 모자라는 것만 못하다. 요새 우리말을 가르친다는 책 가운데는 보통사람들에게 도움을 주기보다 되레 긁어 부스럼을 만들어 번거로움을 끼치는 것도 있다. 말밑을 따지고 원칙을 일깨우는 것까지는 좋은데, 이 말은 반드시 이렇게 써야 하고 저 말은 반드시 저렇게 써야 한다는 갑갑한 틀을 만들어 사람을 옭아매는 데 이르면 그만 '스트레스'를 받는다. 이를테면 '시간표'는 틀린 말이니 반드시 '시각표'라고 해야 한다든지 '참석'과 '참가'와 '참여'가 다 다른 말이니 때와 장소에 따라 가려 써야 한다든지 '벌써'와 '이미'를 다른 뜻으로 써야 한다는 것 따위이다.

이런 말을 듣다 보면 나도 모르게 짜증이 나서 "아니, 무슨 우리말 바로 쓰기가 이렇게 어렵고 까다로워? 이래서야 어디 겁나서 말 한마디 하겠나?" 하고 중얼거리게도 되는 것이다. 말글살이 숨통을 틔우기 위해서라도 법과 틀은 좀 느슨하게 풀어 줄 필요가 있지 않을까?

'엉터리'라는 말만 해도 그렇다. 이 말의 본뜻이 '대강 눈에 보이는 가장자리'라고 밝히는 것은 학자들의 몫이니 상관없지만, 그러니까 '엉터리없다'가 바른 표현이라고 주장하는 건 지나치다는 얘기다. 말밑이 뭐든 간에 오늘날 이미 많은 사람들이 "그런 엉터리 소리 말아."와 같이, 엉터리를 곧 '터무니없는 말이나 행동' 정도로 뜻 매겨 쓰고 있잖나. 그런데도 새삼스럽게 그건 틀린 말이니 이제부터는 반드시 '엉터리없다'고 말하라면 긁어 부스럼밖에 더 될 것인가.

'어처구니'가 맷돌 손잡이를 가리키는 말이라든가, '시치미'가 사냥매 임자를 밝히는 이름표라든가 하는 것도 매한가지다. 이런 말밑 밝히기를 재미있는 이야깃거리로 삼는 건 얼마든지 좋지만, 그러니까 말도 그런 뜻에 맞추어 쓰라고 하는 건 온당치 않다는 말이다. 학자들이 말밑 따위를 따지는 일이 아주 소용없는 일은 아닐 터이나, 그것을 구실로 대중을 훈계하려고 들어서야 되겠는가. 말의 주인은 몇몇 학자들이 아니라 바로 그 말을 하는 대중인 다음에야.

얼버무리기 또는 덧칠하기
'지식인 말투'의 참을 수 없는 어수선함

학교 다닐 때 배운 것 가운데 이런 것도 있었다. 말에는 '이중부정'이니 '삼중부정'이니 하는 게 있어서 부정의 부정은 긍정이 되고 그것을 또 부정하면 부정이 된다나 뭐라나, 그런 거였다. 이를테면 '좋다'는 긍정이요 '좋지 않다'는 부정인데, '좋지 않다고 할 수 없다'는 다시 긍정이 되고 '좋지 않다고 아니할 수 없다'는 도로 부정이 된다는 것이다.

그걸 배우면서 내내 궁금했던 건 말을 왜 그렇게 비비 꼬아서 어렵게 하느냐는 것이었다. 그냥 '좋다, 나쁘다'고 하면 될 걸 가지고 말이다. 그 궁금증은 아직도 안 풀렸다. 다만 나름대로 짐작은 해봤는데, 이건 시험문제 내는 국어 선생님들 음모일 수도 있겠다는 생각은 들더라. 어려운 문제로 학생들을 제대로 괴롭히려면 그쯤은 헛갈리게 해 줘야 하지 않겠나.

어쨌든 길고 어수선한 글은 읽기가 무척 힘들다. 두 번쯤 읽고 무슨 뜻인지 알게 되는 글은 그래도 괜찮은 편이다. 어떤 글은 세 번 네 번 읽어도 뭐라는지 도무지 알 수 없어 끝내 '스스로 무지를 한 탄'하게 만든다. 이런 글을 쓰는 사람은 아무래도 '외계'에서 온 사람이 아닐까. 우리가 이해 못 하는 어떤 다른 세계에서 왔다면 그럴 수도 있겠지.

신문 사설이나 학술논문 같은 데서 흔히 볼 수 있는 말투 가운데 하나가 '그런 면이 없지 않아 있다'처럼 에둘러 말하는 것이다. 그냥 '그런 게 있다'고 하면 될 텐데 이렇게 말을 빙빙 돌려 놔서 읽는 사람을 괴롭힌다. '그렇게 강조해서 말하지 아니할 수 없다' 같은 말도 마찬가지다. 그냥 '그렇다'라고 해서 안 될 게 없어 보이는 말을 저렇게 비비 꼬아 놓는 것이다. 신문 사설이나 학술논문 같은 글은 많이 배운 사람들, 이른바 지식인들이 쓴다. 뭘 많이 배워서 아는 게 많으면 말을 빙빙 돌리고 비비 꼬는 데 이골이 나는가?

시나 소설 같은 문학작품에는 알쏭달쏭하고 흐리멍덩하여 안갯속을 헤매는 듯한 구절이 많다. 어떤 사람한테서 들으니, 시인 소설가들은 일부러 글을 낯설고 아리송하게 쓴다는 거다. 독자들이 얼른 알아차리기보다 오래 생각하게 만들어야 신비로움이 더해지기 때문이라나. 정말로 그렇다면, 나는 이제부터 시나 소설을 안 읽으련다. 공연히 남을 애먹이는 글을 왜 읽어야 한담. 사실은, 그렇게 생각하고 글을 쓰는 시인 소설가는 드물 것이다. 내가 알기에도 글을 쉽고 뚜렷하게 쓰는 시인 소설가가 많다. 그런 분들이 쓴 글을 읽으면 기분까지 좋아진다.

듣자니 학원 같은 데서 학생들한테 권하기를 '논술' 잘하려면 신문 사설 많이 읽으라고 한다더라만, 어렵고 어수선하게 쓴 사설이라면 안 읽는 게 낫다. 주장이 옳고 그르고를 두고 하는 말이 아니다. 근거가 튼튼하고 아니고를 두고 하는 말도 아니다. 대관절 무슨 뜻인지 알아듣기는 해야 할 것 아닌가?

글뿐 아니다. 말도 그렇다. 종종 텔레비전이나 라디오에는 유식해 뵈는 사람들이 나와서 한마디씩 하는데, 듣다 보면 머리 아플 때가 한두 번이 아니다. 이를테면 "그렇게 볼 수도 있는 측면이 있다라고 하는, 그러한 하나의 추측도 가능하다, 이런 말씀을 드릴 수가 있겠습니다." 이런 식이다. '-다라고' 같은 틀린 말법은 둘째로 치고 말뜻부터 영 뚜렷하지 않으니 답답하다. '-수 있다'는 말이 거듭 나와서 더 안갯속을 헤매는 느낌이다. 그렇게 보라는 뜻인지 말라는 뜻인지, 아니면 자기도 잘 모르겠다는 뜻인지, 나 같은 둔재는 아무리 귀를 곤추세우고 들어 봐도 아리송하다.

"그렇게 될 가능성을 배제할 수 없다고 보여집니다." 또는 "아무리 강조해도 지나침이 없다고 생각되어집니다." 이런 말도 매한가지다. '보여진다'나 '되어진다'처럼 잘못된 말법은 뒤로 밀쳐 두고라도, 도무지 말이 어수선해서 얼른 알아들을 수가 없다. 한참을 생각하고서야 겨우 "그런 일이 생길 수도 있다는 말이로군." 또는 "그게 무척 중요한 일인가 보네." 하게 되는데, 이게 다 서양 말투를 흉내 내다 보니 생긴 일이다.

이런 말투에는 몇 가지 특징이 있다. 첫째, 말을 무척 요란하게 치장하며, 둘째, 말뜻이 분명하지 않고, 셋째, 서양말이나 일본말 흉내 낸 것이 많다. 달리 말해 꼬고 비틀고 얼버무리고 덧칠하여 몹시 어수선하다. 사람들은 왜 이런 투로 말하는 걸까? 자신은 없는데 뭔가 그럴듯해 보이고 싶어서, 별것 아닌 걸 잔뜩 부풀려 내놓고 싶어서 그러는 건 아닐까?

가만히 보면 이런 어수선한 말은 대개 '있는 사람'이나 '아는 사람'들이 즐겨 한다. 텔레비전이나 라디오에 '사회지도층'이나 '전문가' 이름을 달고 나오는 잘난 사람들 말이다. 그런 사람이 넥타이깨나 매고 양장본 '원서'가 빽빽한 책장 앞에 잔뜩 무게를 잡고 앉아서 '전문용어'까지 심심찮게 넣어 가며 한다면 딱 제격이다.

그래서 이건 영락없는 '지식인 말투'다. 농사짓는 사람과 고기 잡는 사람과 공장에서 일하는 사람들은 절대 그런 식으로 말하지 않는다. 이를테면 "올 농사 워뗘?" 하면 "맹탕여, 조졌어." 이러지, "흉년이 들었다고 볼 수 있는 측면이 있다라고 말씀을 드릴 수도 있쥬." 이러지는 않는다는 말이다.

참, 혹시라도 오해하실까 봐 덧붙이는데 지식인이라고 해서 다 그런 건 아니다. 대놓고 이름자를 들먹여 송구스럽지만 우리가 잘 아는 이오덕 선생님이나 권정생 선생님, 백기완 선생님이나 리영희 선생님 같은 분들은 절대 안 그런다. 오히려 그분들은 말과 글이 너무 딱 부러지게 틀림이 없어서 탈일 정도다. 생각과 믿음이 뚜렷하면 얼버무릴 일도 덧칠할 일도 없나 보다.

꽃이 예쁜 것 같다고요?

요즘 사람들 이상한 말버릇

"날씨가 맑아서 참 좋은 것 같아요."

날씨가 맑은 날, 공원에 나들이 나온 사람에게 느낌을 물으니까 이렇게 대답하더라. 텔레비전에서 본 장면이다. 내가 보기에도 그 날은 날씨가 참 맑아서 좋았는데, 그 사람은 왜 '날씨가 맑아서 좋아요'라고 분명하게 말하지 않고 '좋은 것 같아요'라고 아리송하게 말했을까? 또 그 옆에 있던 사람은 "정말 여기에 잘 온 것 같아요." 하던데, 왜 그이도 '여기에 잘 왔어요'라고 딱 잘라 말하지 않았을까? 설마 좋은지 나쁜지, 또는 잘 왔는지 아닌지 확신할 수 없어서 그런 건 아니겠지?

요즘 사람들은 아주 뚜렷한 사실이나 느낌을 말할 때도 '-것 같 다'는 말을 즐겨 쓴다. 기분이 좋으면 "기분이 좋은 것 같아요."라고 말하고, 꽃이 예쁘면 "꽃이 예쁜 것 같아요."라고 말한다. (나도 그럴 때가 많다.) 잘 알다시피 '-것 같다'는 말은 무엇을 분명하게 확신할 수 없을 때 쓰는 말이다. '잘은 모르지만 그렇게 짐작은 한다'는 정도로, 한 발짝 비켜서서 얼버무릴 때 쓰는 말이다. 왜 사람들은 이렇게 알쏭달쏭한 말을 즐겨 쓸까?

내 생각에 이 말버릇은 오랜 교육에서 비롯된 것 같다. 우리는 어려서부터 학교에서 늘 '정답'을 맞추는 교육을 받아 왔다. 이를테면 이런 식이다. "다음 중 동학혁명의 역사적 의의는?" 그리고 네댓 개 답 가운데 하나를 골라야 한다. 이런 경우, 밤새 외운다고 외웠다지만 막상 문제를 앞에 두면 헷갈리는 법이다. 2번인가? 아니면 3번? 무엇을 '찍느냐'에 따라 등수 몇 등이 왔다 갔다 하는 판이다. 드디어 한숨을 쉬면서 우리는 이렇게 중얼거린다. "에잇, 모르겠다. 아무래도 3번 같아." 그리고 누가 물으면 이렇게 대답할 수밖에 없다. "3번 같은데요. 혹시 제가 틀렸나요?"

미리 정답을 정해 놓고 정답 맞추기를 강요하는 교육은 사람한테서 확신을 앗아간다. 내가 아무리 이것이라고 생각해도, 또 거기에 아무리 많은 까닭이 있어도, 정답이 이게 아니라고 하면 그만이다. 군말 않고 따라야 한다. 이 경우 생각이나 믿음, 판단 같은 건 거추장스러운 짐이 될 뿐이다. 무조건 정답을 외우는 것이 최선이다.

불행하게도 우리는 학교에 다니는 동안 다음과 같은 문제를 풀어 보지 못했다. "너는 동학혁명에 대해서 어떻게 생각하느냐?" 왜냐 하면 이런 문제에는 정답이 없기 때문이다. 정답이 없는 문제는, 적 어도 우리나라 교육현실에서는, '문제'가 아니다.

듣자니 어떤 면접시험에 '국가관'을 묻는 질문이 나왔고, 남들 다 하는 대답이 아닌 좀 색다른 대답을 한 사람이 가차 없이 떨어졌단 다. 오죽하면 이런 웃지 못할 일이 아무렇지도 않게 벌어졌을까? 그 면접관들은 사람마다 다를 수 있는 '생각'을 물으면서도 미리 한 가지 정답을 마련해 놓고서, 그 틀에 어긋나면 틀렸다고 낙인을 찍 은 것이다.

이쯤 되면 누군가 "너는 어떻게 생각하느냐?"고 물어도 함부로 자기 생각을 말해서는 안 된다. 그것이 정답이 아닐 수도 있기 때문 이다. 요컨대 정답을 맞히려면, 자기 생각이 아니라 이미 정해 놓은 남의 생각을 '짐작해서' 맞혀야 한다. 오랫동안 이런 교육을 받아 온 사람들이 확신에 차서 말한다면 그게 오히려 이상하지 않겠나. 우물쭈물 눈치를 보며 '-것 같아요'라고 말하는 게 당연하지.

"이제 이 문을 열어 보도록 하겠습니다."

어떤 텔레비전 행사에서 사회자가 한 말이다. 그냥 문을 열면 되 는데도 '문을 열겠습니다'라고 쉽게 말하지 않고 구태여 '열어 보도록 하겠습니다' 하고 어수선하게 말한다. 그러고 보니 요즘 많은 사람들 말버릇이 이와 비슷하다는 걸 알겠다. (나도 물론 그렇다.) "이 글을 읽어 보도록 하겠습니다." "저분 말씀을 들어 보도록 하겠습니다." "그쪽으로 가 보도록 하겠습니다." 이런다. 모두가 '읽겠습니다, 듣겠습니다, 가겠습니다'로 해도 너끈하다.

'보다'라는 도움움직씨(보조동사)는 무엇을 시험 삼아 한다는 뜻으로 많이 쓴다. 또 '-도록 한다'는 말에는 무엇을 그런 쪽으로 이끈다는 뜻이 있다. 그래서 이 두 말은 모두 뜻을 더 아리송하게 만드는 효과가 있다. '가겠다'고 하면 뜻이 분명하지만, '가 보도록 하겠다'고 하면 뭔가 뜻이 흐릿해지고 두루뭉수리로 된다는 느낌이 든다. 말하자면 틀림없이 가는 게 아니라 시험 삼아 가는 쪽으로 애쓰긴 하겠다, 그렇지만 정 안 되면 안 갈 수도 있다, 대충 이와 비슷한 뜻으로 들린다. 사람들은 왜 이렇게 불분명하고 흐리멍덩한 말을 즐겨 쓰는 것일까?

이 또한 '눈치 보기'나 '책임 벗기' 버릇이 스며든 말투가 아닌가 한다. 우리는 지난날 오랫동안 권위주의 가부장 병영사회에서 살아왔다. 이런 사회에서 바람직한 인간상은 '말 잘 듣는 사람'이요 '시키는 대로 하는 사람'이다. 다시 말해 힘 있는 윗사람 명령에 고분고분 따르는 것이 최선이다. 자기 생각과 주장을 분명하게 밝히는 사람은 '발칙한 말썽꾼'이 되거나 '삐딱한 불평분자'가 되기 딱 좋다. 이런 형편에서 누가 말을 함부로 할 것인가. 말 한마디도 윗사람 눈치를 봐 가며 조심스럽게 해야 하지 않겠나. 그러다 보니 짧고 분명한 말보다는 길고 흐릿하고 어수선한 말을 더 즐겨 쓰게 된 것 같다.

"2층으로 올라가실게요."

여러 사람과 밥 먹으러 음식점에 갔을 때 종업원이 한 말이다. 우리더러 2층으로 올라가란 말인 건 알겠는데, 왜 그냥 '올라가세요' 하지 않고 저렇게 말할까? 그러고 보니 가게 같은 데서 일하는 이들이 손님한테 하는 말투가 거의 저렇더라. "저쪽으로 가실게요." "여기서 기다리실게요." "번호표는 한 장만 뽑으실게요."처럼 말이다.

알다시피 '-ㄹ게요'는 자기가 그렇게 하겠다는 뜻으로 쓰는 말이다. "저쪽으로 갈게요." 하면 자기가 저쪽으로 가겠다는 뜻이고, "여기서 기다릴게요." 하면 자기가 여기서 기다리겠다는 뜻이다. 그러니까 여기에 높임을 나타내는 도움줄기(보조어간) '-시'가 들어가는 건 말이 안 된다. 자기를 높일 수는 없기 때문이다. 남더러 그렇게 하라고 할 때는 마땅히 "저쪽으로 가세요, 여기서 기다리세요."라고 해야 한다. 그런데 왜?

이건 요새 들어 상업화 바람을 타고 부쩍 심해진, 손님에 대한 '지나친 공대' 바람 때문이 아닌가 한다. 그러니까 손님한테 '-세요' 같은 명령조 말을 쓰는 건 버릇없어 뵌다는 생각 때문이다. 실제로 손님이 그런 명령조 말을 듣고 싫어하는 눈치를 보이거나 화를 냈을 수도 있다. 손님한테 덮어놓고 극존대하는 버릇은 이래서 생긴 듯하다. 그러다 보니 심지어 "주문하신 아메리카노 나오셨습니다." 같은 말도 예사로 나오는 판이다. 말법에 맞고 안 맞고를 떠나서 이건 좀 씁쓸한 풍경이다.

손님이 '-실게요' 같은 이상스러운 말을 듣고 뭔가 대접받는다는 생각이 든다면, 그건 착각이다. 또 종업원이 "2층으로 올라가세요." 했다고 해서 기분 나빠한다면 그것도 엉터리다. 자본주의 사회에서 '손님은 왕'이라지만, 그건 돈을 낼 때만 그렇다. 그러니까 손님이 왕이 아니라 돈이 왕이다. 조금 더 정확하게 말하면 자본가가 왕이다. 그리고 손님은 종업원과 마찬가지로 들러리다. 그러니까 똑같은 들러리끼리 왕이니 종이니 하는 건 부질없다. 슬기로운 소비자가 되는 길은 왕 노릇이 아니라 자본의 부당한 횡포를 꿰뚫어보고 맞서는 길이다.

하지만 이 같은 말버릇은 워낙 널리 퍼져서 당장 고치기 힘들 듯하다. 한두 사람의 별난 말버릇이 아니라 우리 사회에 널리 퍼진 보통사람들의 예사로운 말버릇이어서 더욱 그렇다. 그러니까 이런 말을 하는 '보통사람들'을 덮어놓고 나무라서는 안 된다. 그건 마치 도둑을 놔두고 도둑맞은 사람을 나무라는 것과 같기 때문이다. 문제는 그런 말을 하도록 만든 '보이지 않는 힘'에 있다.

앞으로 우리 사회가 더욱 건강해지면 말도 저절로 달라질 것이다. 누구나 어떤 말이나 눈치 보지 않고 떳떳이 할 수 있는 세상, 남이 미리 정해 놓은 정답이 아니라 자기만의 생각을 마음껏 드러낼 수 있는 세상이 온다면 '-것 같아요' 같은 어정쩡한 말버릇도 사라질 것이다.

또 권위주의 가부장 사회 찌꺼기가 말끔히 없어져 사람을 위아래로 줄 세우는 병영문화에서 온전히 벗어난다면 '-보도록 하겠다' 같은 두루뭉수리 말버릇도 힘을 잃을 것이다. 그리고 사람을 돈 버는 기계와 돈 쓰는 기계로만 나누어 보는 막장 자본주의 대신, 어떤 사람이든 존엄하게 여기는 건강하고 따스한 문화가 뿌리내린다면 '-실게요' 같은 씁쓸한 말버릇도 우리한테서 멀어질 것이다.

우리말과 남의 말

웃기는 남의 나라 말

일본말 찌꺼기

우리말에 일본말 찌꺼기가 많이 남아 있다는 건 새삼스러운 일이 아니다. 어릴 적 동네 아주머니들은 옷에 찍힌 물방울무늬를 보고 '뗑뗑이무늬'라 했고, 학교 선생님들은 칠판에 점을 찍으면서 곧잘 '뗑뗑뗑……'이라 했는데, 나는 오랫동안 그게 일본말인 줄 몰랐다. 어른들이 하늘색을 보고 '소라색'이라 해도, 나는 그게 그저 바다에 사는 소라 색깔을 가리키는 말인 줄만 알았다. 바다에 사는 소라는 하늘색이 아닌데도 말이다. 아이들끼리 손을 마주치며 '아침 바람 찬 바람에……' 하고 놀 때 장단을 맞추던 말 '셋셋세'도 어엿한 우리말인 줄만 알고 살았다.

그런데 정작 문제가 되는 건 이런 '순일본말'이 아니라 우리도 종종 헷갈리는 '일본식 한자말'이다. 순일본말은 위에 든 몇 가지만 빼면 대부분 우리말과 표나게 달라서 누구든지 쉽게 알아차릴 수 있다. 하지만 일본식 한자말은 우리식 한자말과 비슷해서 웬만해서는 가리기조차 어렵다.

'입장, 입구, 납득, 취급, 수속, 할인, 할증, 담합, 하자, 옥내, 옥외, 세면, 속속, 수하물, 행선지, 하치장, 수취인, 조기축구……' 이런 귀에 익은 말이 다 일본말이라고 하면 많은 사람들이 놀란다. 사실 이런 말은 하도 많이 들어온 터여서 새삼스럽게 일본말이라고 주장하기도 쑥스러울 정도다. 하지만 이것을 '처지, 어귀(들머리), 이해(알아들음), 처리(다룸), 절차, 에누리(떨이), 덧돈(덤), 짬짜미, 흠(흠집, 흠결), 실내(집안), 실외(바깥), 세수, 자꾸(잇달아), 짐(손짐, 들짐), 가는 곳, 버리는 곳, 받는 사람, 아침축구……'로 바꾸어 쓴대서 힘들거나 불편할 것 같지는 않다.

생각해 보면 좀 웃긴다 싶은 일본말도 있다. 요새 '해외여행' 같은 말은 하도 흔히 써서 조금도 낯설지 않은데, 이런 말이 덮어놓고 받아들인 일본말 가운데 하나다. 생각해 보면 일본은 섬나라여서 외국이라면 어디든 바다 건너에 있다. 그러니 외국이 곧 '해외'요, 이 두 가지 말을 같은 뜻으로 써도 조금도 이상할 게 없다. 하지만 우리는 반도에 사니까 '해외' 아닌 외국도 많다. 이를테면 유라시아 대륙에 있는 나라는 우리나라와 땅으로 이어져 있다. 사정이 이러한데도 외국을 덮어놓고 해외라고 하는 건 좀 우습지 않나.

요새 내남없이 두루 쓰는 '축제'도 일본말이다. 일본 사람들은 제사를 시끄럽게 떠들며 지낸다고 한다. 그래서 일본말 사전을 보면 축제를 '축하하는 제사'로 풀어 놓았고, 제사를 뜻하는 말에 '크게 떠들고 소란을 피운다'는 뜻도 있다. 그런데 다들 알다시피 우리나라 사람들은 제사를 조용하고 엄숙하게 지낸다. 그래서 축하하는 제사라는 말은 당치 않다.

그러면 우리 정서에 맞는 말은 무엇일까? 여럿이 모여 시끌벅적하게 노는 행사라면 '잔치'가 제격일 테고, 널리 쓰이지는 않지만 '모꼬지'라는 말도 있다. 아니면 '축전'이라고 해도 좋겠지.

텔레비전을 보다가 '성대모사'라는 말을 듣고 어리둥절한 적이 있다. 저게 무슨 말인가 생각하며 더 들어 보니 남의 목소리 흉내 내는 걸 가리켜 그렇게 말하더라. 아니, 그러면 그냥 '흉내 내기'라고 하면 안 되나? 왜 그렇게 알쏭달쏭하고 어려운 한자말을 쓰는 거지? '성대'라면 울대 목청이고 '모사'는 베끼는 것이니, 울대 목청을 베낀다는 게 도대체 말이나 되나? 하지만 이런 궁금증은 곧 풀렸다. 그건 일본말로 '세이타이모시야'라고 하는 걸 글자만 그대로 가져다가 우리 식으로 읽은 것이다. 웃기긴 웃기되 쓸쓸하게 웃기는 대목이다.

이제 우리말처럼 널리 퍼져 버린 '낭만'과 '낭만적'이라는 말은 어디에서 왔을까? 일본사람들은 서양말 '로만'과 '로맨틱'을 될 수 있는 대로 비슷하게 흉내 내려고 '노만'과 '노만칙'이라는 말을 만들었고, 그것을 한자로 적다 보니 물결 '랑' 자, 질펀할 '만' 자에 과녁 '적' 자가 되었다. 이 말이 우리나라에 들어올 때 소리는 빠지고 글자만 남아서 '낭만'이 되고 '낭만적'이 된 것이다. ('-적'이라는 끝가지는 다 이런 식으로 생겼다고 보면 된다.) 그럴 바에는 차라리 서양말 그대로 '로만'이나 '로맨틱'이라 하든지, 굳이 한자말을 써야 직성이 풀릴 것 같으면 우리 식으로 '로만'이나 '로만칙' 같은 말을 만들어 썼으면 좋았을걸, 하는 생각도 들지만 이미 엎질러진 물이다. 사실 이런 말은 워낙 널리 퍼져서, 새삼 말밑을 따져 봐야 긁어 부스럼이 될 것 같기도 하다.

학교 다닐 때 음악 시간에 배운 오페라 제목 중에는 참 알아듣기 힘든 것이 있었다. 베르디의 '춘희'나 모차르트의 '마적' 같은 것인데, 제목만 들은 나는 한참 동안 '춘희'는 어떤 여자 이름이고 '마적'은 말 탄 도적인 줄만 알았다. 무식하다고 비웃어도 좋은데, 정말이지 나는 '춘희'가 뒤마의 원작 소설 '라 트라비아타'를 일본식으로 바꾼 것으로 그 뜻이 '동백꽃 아가씨'쯤 된다는 걸 어른이 되고도 한참 만에 알았다. '마적'이 말 탄 도적이 아니라 '마술피리'라는 것도 마찬가지였는데, 이 또한 알고 보니 일본식 한자말이었다.

그뿐 아니다. 미술 교과서에 하도 자주 나와서 눈 감고도 떠올릴 만한, 프랑스 화가 밀레의 '만종'이라는 그림 제목도 그렇다. 나는 학생 때 '만종'이 무슨 게으름을 꾸짖는 격언쯤 되는 줄 알았다. 이를 두고 또한 멍청하다고 비웃어도 할 말이 없지만, 굳이 하자고 들면 나도 할 말이 없는 건 아니다. 애당초 교과서에 그런 일본식 한자말 말고 우리말로 '저녁 종'이라고 하든지, 아니면 아예 본디 제목대로 '기도'라고 적었으면 아무리 어리석은 나라도 그런 걸 이해 못 했을 리는 없었을 테니 말이다.

일본식 한자말 중에는 웃긴다기보다 화딱지 나는 말도 있다. '미망인'은 본디《춘추좌씨전》이라는 옛 중국책에 나오는 말로, 본디 우리나라에서는 거의 쓰이지 않다가 일제강점기에 이른바 '인텔리 계층'에서 쓰면서 널리 퍼졌다. 백성들은 예나 지금이나 '홀어미'나 '과부'라고 하지 그런 말은 잘 쓰지 않는다. 홀어미나 과부가 싫으면 그냥 아내나 부인이라고 해도 그만이다. 그런데 세상에, 미망인이라니! 남편을 여의고 나서 '아직 죽지 않은 사람'이라니 이보다 더 야만스러운 말이 어디에 있나? 이것은 말할 나위도 없이 아내를 남편 '소유물'쯤으로 보던 잘못된 풍습에서 나온 것으로, 이제는 죽은말 사전에나 올릴 말이다.

이제 우리는 일본말과 일본식 한자말이 우리말 속에 아주 깊이 스며들어 있다는 걸 알았다. 될 수 있는 대로 그런 말을 쓰지 말아야 하는 까닭은, 바로 그런 말이 우리말을 좀먹고 우리 마음을 병들게 하기 때문이다. 말이 병들면 마음이 병든다. 더 늦기 전에 일본말과 일본식 한자말을 가려내어 버리자.

그리고 어쩌면 이게 더 바쁜 일일지도 모르는데, 아무 때나 아무 곳에나 마구 흘러넘치는 서양말도 걸러 내야 한다. 많은 '지식인'들이 일본말은 모르고 쓸지언정 대놓고 자랑삼지는 않지만, 서양말은 젠체하느라고 일부러 많이 쓰는 것이 현실이다. 우리 같은 보통 사람들은 이런 바람에 휘둘리지 않는 것만 해도 힘겨운 형편이니더 무슨 말을 하랴.

우리말 아닌 우리말

토씨 '-의' 덜 쓰기

어디선가 이런 수학 문제를 보았다.

두 수의 세제곱의 합을 표현할 수 있는 가장 최소의 숫자를 구해

보자.

내가 본디 수학을 잘 못해서이기도 하겠지만, 도무지 무슨 말인
지 알아듣기 힘들어 몇 번이고 되풀이 읽어야 했다. 한동안 골치를
썩이고 나서야 이 짧은 문장에 세 가지 흠결이 있음을 알았다.

첫째, 토씨 '-의'가 겹으로 쓰인 '두 수의 세제곱의 합'은 어색하
다. 둘째, '가장 최소의'는 겹말이다. 셋째, '숫자'는 '수를 나타내는
글자'라는 뜻이므로, 여기서는 '수'라야 옳다.

그래서 이 문장을 다음과 같이 고쳐 놓고 보니 좀 알아듣기 쉬운 말이 되었다.

세제곱한 두 수의 합을 나타낼 수 있는 가장 작은 수를 구해 보자.

우리말은 본디 토씨 '-의'를 많이 쓰지 않는다. 더구나 '-와의, -에의, -로의, -에서의, -에로의' 같은 겹토씨(복합조사)는 애당초 우리말이 아니다. 그러던 것이 일본말 영향으로 매김자리토씨(관형격조사) '-의'를 마구잡이로 쓰고 있다.

이제는 격식을 갖춘 글을 쓸 때 누구든지 '-의'를 한 번도 안 쓰고 글을 끝내기가 힘들 정도다. 사정이 이러하니 덮어놓고 '-의'를 쓰지 말자고 할 수는 없으나, 어쨌든 이것을 좀 덜 써야 우리말이 산다. 여기서는 다른 건 다 빼고, 겹으로 쓰는 '의'와 버릇처럼 쓰는 익은말(관용구)에 대해서만 살펴보기로 하겠다.

글 가운데 겹으로 나오는 '-의'는 읽는 이를 피곤하게 한다. 어떤 사람이 '나의 아버지의 생신'이라고 말한다면 어떨까? 우리나라 사람은 아무도 그렇게 말하지 않는다. '우리 아버지 생신'이라고 하지. '-의'를 여기저기 함부로 갖다 붙이는 버릇은 일본말이나 서양말을 우리말로 옮기면서 생겼다. 이것은 거의 말 한마디만 바꾸면 쉽게 고칠 수 있다. 몇 가지 보기를 들어 보겠다.

사회 비판 의식의 하나의 출발점 → 사회 비판 의식의 한 출발점

그들의 과거의 노예들 → 그 사람들(의) 옛 노예들

스승의 무언의 교훈 → 스승의 말 없는 가르침

여기서는 '-의'가 붙은 말을 다른 낱말로 바꿔 보았다. <이름씨(명사)+-의>꼴은 그림씨(형용사)가 넉넉하지 못한 일본말에서 그림씨 구실을 하는데, 그림씨가 넘쳐 나는 우리말에서 이를 흉내 낼 까닭은 없다. '석유제품의 고가의 원료'나 '한 예술가의 불멸의 영혼' 같은 말이 다 그렇다. '고가의'를 '비싼'으로, '불멸의'를 '영원한'으로 바꾸기만 하면 되는 것이다.

상품과 자본의 국경 간의 자유로운 이동 → 상품과 자본의 자유로운 국경 (사이) 이동

유명 작가들의 작품의 세계 → 이름난 작가들(의) 작품 세계

민주주의 국가의 국민의 의무 → 민주주의 나라 국민이 할 일

여기서는 '-의'를 하나 또는 둘 다 빼 보았다. 자세히 살펴보면 글

에 쓴 '-의' 가운데 여럿은 거기에 있을 필요조차 없는 것이다. 버릇처럼 쓸데없이 넣는 '-의'가 글을 어수선하게 만들고 읽는 이를 피곤하게 하는 셈이다. <이름씨+-의> 꼴로 쓴 말 중 많은 것은 '-의'를 빼도 아무 문제가 없다. '차의 향기'는 '차 향기'로, '녹색의 물결'은 '녹색 물결'로 쓴대서 무슨 탈이 있을까? 오히려 말이 더 깔끔해지지 않았나.

이런 문장은 어떤가?

선생은 위대한 부정의 정신의 소유자였다.

우선 이 문장에는 '-의'를 겹으로 써서 몹시 어색한데, 이 덤터기는 모두 '소유자'라는 일본식 한자말이 뒤집어써야 할 것 같다. 위 문장을 우리말법으로 고치면 '위대한 부정의 정신을 가진 사람이었다' 정도가 되겠지만, 그래도 '부정의 정신'이 거치적거린다. 도대체 '부정의 정신'이 무슨 뜻이지? 이 문장은 아예 토씨 '-의'를 다 빼고 이렇게 고치면 어떨까?

선생은 위대한 비판 정신을 가진 분이었다.

글을 읽다 보면 고개가 갸웃거려지는 정체 모를 낱말도 보인다. '예의, 일련의' 따위 말이 그러한데, 이런 말들은 하나같이 뒤에 '-의'를 주렁주렁 달았다. 다음 문장을 보자.

그 사람은 예의 알듯 모를 듯한 미소를 지어 보였다.

'예의 미소'라고? 설마 예의 바르게 웃었단 말인가? 그건 아니겠지? 여기서 '예의'는 '이미 말한' 또는 '그때와 같이'라는 뜻으로, 보통은 전에 똑같은 일이 있었다는 것을 앞세우고 그것과 같다는 걸 나타낸다. 이 말은 일본말 '레이노(例の)'를 그대로 흉내 낸 글말이다. 신문기사나 문학작품에서 볼 수 있지 입말에서는 거의 쓰지 않는다. 또 이 말은 이름씨 뒤에 토씨 '-의'를 갖다 붙여 만드는 일본식 꾸밈말의 본보기다. 《쉬운말 사전》에는 '그, 저'나 '문제의' 또는 '말해 오던'을 '예의' 대신 쓰라고 했는데, 나 같으면 다음과 같이 고쳐 쓰겠다.

예의 신중함을 잃지 않고 → 여느 때처럼 신중함을 잃지 않고
예의 벼랑 끝 전술 → 잘 알려진 벼랑 끝 전술
예의 입장만 반복했다. → 똑같은 말만 되풀이했다.

또 이런 문장은 어떤가?

뜻하지 않게 일어난 일련의 사건으로 인하여 주인공의 감정은 매우 예민해져 있었다.

'일련'은 알겠는데 '일련의'라니, 정확히 무슨 뜻이지? 글줄기로 보아 뜻을 짐작 못 할 바는 아니지만 아무래도 낯설다. 우리말이 아니기 때문이다. 이 말은 '관계를 가지고 죽 이어지는 것'이라는 뜻을 가진 '일련'에 토씨 '의'를 붙인 낱말로서, 일본말 '이치렌노(一連の)'를 글자대로 옮긴 것이다. 이 또한 격식을 차린 글에서나 쓰는 글말로서, 입말에서는 거의 쓰지 않는다. 《쉬운말 사전》에는 '일련의' 대신 '연줄의'나 '연줄된'을 쓰라고 했지만 위 문장에서는 '여러 가지'나 '몇몇'으로 고쳐서 너끈할 것 같다. 몇 가지 다른 보기도 들어 본다.

최근 일련의 사태 → 요새 일어난 여러 가지 일
미국에서 벌어진 일련의 사건 → 미국에서 벌어진 비슷한 사건
부품 생산부터 조립까지 일련의 과정 → 부품 생산부터 조립까지 이어지는 과정

한문글자 뒤에 토씨 '-의'를 붙여서 매김씨(관형사)를 만드는 버릇은, 내가 알기로 개화기 일본 영향을 크게 받은 문인들로부터 시작되었다. 모두들 기억하리라, 학생 때 열심히 외웠던 이른바 신소설 제목들을. '혈의 누'니 '귀의 성'이니 '토의 간'이니 하는 것이 다 일본식 제목이었다. '예의'와 '일련의' 같은 말도 그와 똑같은 것이니, 마땅히 우리식으로 고쳐 쓸 일이다.

이런 이야기가 있다.

한 농사꾼이 학자를 찾아가서 물었다. "학자들이 말하는 법을 배우고 싶습니다." 학자가 대답했다. "그건 어렵지 않네. 말할 때 덮어놓고 '-의'나 '-적'을 많이 넣어서 말하면 된다네."

내 생각에도 토씨 '-의'는 아는체하거나 멋을 부리고 싶어 하는 학자들이 즐겨 쓰는 말인 것 같다. 그런데 내 생각을 말하라면, 어색하기만 할 뿐 별로 멋스러워 보이지도 않는다.

바담 풍
일본말 소리 흉내 내기

아는 사람이 다른 나라 여행을 다녀왔다기에 어딜 갔다 왔느냐고 물으니 베트남 '하롱베이'라고 하더라. 거기가 어딘지는 알겠는데, 왜 '하롱베이'라고 하는 거지? 내가 알기로 그곳 이름은 '할롱만(베이)'인데……. 지도에도 그렇게 써 놨고, 베트남말로도 '할롱'이라고 한다던데……. 그러고 보니 '할롱만'을 그대로 적고 소리 내는 경우는 거의 못 봤다. 다들 '하롱베이'라고 하지.

'할롱'이 '하롱'이 된 내력을 짐작하기는 어렵지 않다. 일본말 소리 영향이다. 알다시피 일본말에는 '할롱'처럼 'ㄹ'이 겹쳐 소리 나는 것을 적는 글자가 없다. 그래서 그런 경우 죄다 'ㄹ' 하나로만 적고, 또 그렇게 소리 낸다. '할리우드'를 '하리우드', '밀라노'를 '미라노', '앙골라'를 '앙고라'로 적고 읽는 것이 다 그렇다.

'할롱'이나 '하롱'이나 그게 그거 아니냐고 말하는 사람이 있을지 모르겠다. 이 둘은 뚜렷이 다르다. 이를테면 '발리'는 인도네시아에 있고 '바리'는 이탈리아에 있다. '칼로'는 미얀마에 있고 '카로'는 아일랜드에 있다. 이 둘은 한글로 적어도 다르고, 로마자로 적어도 다르다.

요컨대 '하롱베이'는 우리말이 아니다. 베트남말도 아니고 영어도 아니다. 일본말이다. 우리가 일본말을, 그것도 못 적는 글자 때문에 잘못 소리 내는 일본말을 따라 쓰는 건 우스운 일 아닌가. 이제 '할롱'의 제 이름을 찾아 주자. 또 굳이 '만'을 '베이'라고 영어로 쓰는 것도 우습다. 이래저래 '할롱만'이 옳다.

땅이름을 적고 말하는 방법에는 두 가지가 있다. 현지 말을 충실하게 따르는 방법과 우리식으로 고쳐 말하는 방법이다. 이를테면 중국 수도를 '베이징'이라고 하거나, '북경'이라고 하는 것이다. 둘 다 좋다. 그러나 이도 저도 아닌 '제3국' 말을 흉내 내는 건 가당찮다. 이를테면 우리나라 서울을 일본사람들이 '쏘우르'라고 한다 해서 미국사람, 영국사람이 덩달아 '쏘우르'라고 하면 우습지 않나. 우스울 뿐 아니라, 자존심도 상할 것 같다.

이건 내가 겪은 일인데, 언젠가 스코틀랜드를 여행하면서 길잡이 책을 보니 '네스호' 가에 있는 성 이름을 '아카드'라고 써 놨더라.

'어쿼드'라야 그쪽 발음에 가까운데, 무슨 까닭이지? 알고 보니 이 것도 일본말이었다. 일본말에는 'ㅓ'를 적는 글자가 없어서, 'ㅓ'는 모조리 'ㅏ'로 적고 그렇게 소리 낸다. 또 겹홀소리(이중모음) 'ㅝ'도 적지를 못하니 홑홀소리(단모음)로 쓰고 소리 낼 수밖에 없다. 그래 서 일본말로 하면 '어쿼드'는 '아카드'가 된다. 요즘은 안 그러겠지 만, 그때만 해도 여행 길잡이 책은 일본 책을 그대로 베끼는 경우가 많았다.

비슷한 보기로 터키 '곤야'가 있다. 이 또한 여행 길잡이 책에서 보고 어리둥절한 적이 있다. 우리말로 적으면 마땅히 '코니아' 또 는 '코냐'가 되어야 하는데, 이게 뭐지? 내력을 짐작하는 데 오랜 시 간이 걸리지는 않았다. 일본말로는 거센소리 'ㅋ'을 보통 예사소리 'ㄱ'으로 적고, 그렇게 소리 낸다. 또 '냐' 같은 소리를 적을 수 없으 니까 어쩔 수 없이 '곤야'로 읽을 수밖에 없다. 그걸 그대로 베낀 것 이다.

우리가 무심코 쓰는 일본말을 좀 더 이야기해 보자. 우리는 도량 형 단위인 '키로, 센치, 미리' 같은 말을 아무렇지도 않게 쓴다. '시속 60키로', '감자 1키로에 3천 원', '자투리 8센치 5미리', '우유 180미 리'처럼. 그런데 이게 다 일본말이다. 일본말로 하면 '킬로미터'나 '킬로그램'은 저절로 '키로메다'나 '키로그라무'(서양말이 일본으로 건너가면 거센소리는 예사소리가 되고, 받침소리는 첫소리가 되니까)로 바뀐다.

또 낱말을 줄일 때 뒤꽁무니를 뭉텅 잘라 내고 앞머리만 남기는 것도 일본말 버릇이다. 이렇게 뜯기고 잘려서, 멀쩡한 킬로미터와 킬로그램이 그만 '키로'가 된 거다. 밀리미터와 밀리그램을 '미리'라고 하는 것도 마찬가지다. 생각해 보면 씁쓸하다. 우리 한글로 킬로미터, 밀리그램을 못 적는 것도 아니고, 우리 혀로 킬로미터, 밀리그램을 소리 못 내는 것도 아닌데, 왜 다들 일본말을 흉내 내어 '키로'니 '미리'니 하는 걸까? 왜 남의 말(킬로미터, 밀리그램)조차도 남의 말 그대로 말하지 못하게 됐단 말인가?

'미터'보다 짧은 길이 단위인 '센치'는 또 어떻게 생긴 말일까? '센티미터'가 일본말로 적을 때 '센치메다'가 되고, (서양말이 일본으로 건너가면 'ㅌ'이 'ㅊ'으로 바뀌는데, 이를테면 '트레이닝복'이 '츄리닝복'이 되는 것을 보기로 들 수 있다) 이게 좀 길다 보니 뒤를 잘라 내고 남은 반쪽 말이 바로 '센치'다. 이 또한 멀쩡하게 '센티미터'를 적을 수도 있고 소리 낼 수도 있는 우리가 따라 할 것은 아니다.

이 같은 일본말 따라 하기는 하도 많아서 밤새 보기를 들어도 모자라겠지만, 몇 가지만 더 들어 보자. 아이들이 잘 먹는 '카스테라'는 '카스텔라'가 본이름이다. 이는 본디 스페인 마을 이름이라고 하는데, 여기서 만든 폭신한 과자를 이렇게 불렀단다. 이 또한 일본말 영향으로 '카스테라'가 됐다. 본이름대로 '카스텔라'라고 하든지, 영어로 '스펀지케이크'라고 하든지, 아니면 아예 우리말로 새 이름을 지어 부르면 좋겠다. 또 '오무라이스'는 달걀부침을 뜻하는 '오믈렛'과 밥을 뜻하는 '라이스'를 억지로 붙여 만든 일본말이다. 우리말로 '달걀부침덮밥'이라면 문제없다.

음식 이야기를 하다가 갑자기 다른 이야기를 해서 뜬금없을지 모르는데, 모기약 가운데 '○○킬라, ○키파'가 있다. 앞엣것은 '-잡이'라는 서양말이고 뒤엣것은 '-지킴이'라는 서양말이다. 그쪽 말을 들어 보면, 아무리 들어도 '킬러, 키퍼'에 가깝지 '킬라, 키파'가 될 수 없다. 그런데 왜 이런 이름이 붙었을까? 물으나 마나 일본말이어서 그렇다. 일본 물건을 들여오면서 이름도 그대로 베껴 오는 바람에 이렇게 됐다.

중장비 이름 이야기도 좀 하자. 공사판에서 많이 듣는 이름인 '포크레인'은 본디 '포클레인'이라는 프랑스 기계 회사 이름이 일본으로 건너가 바뀐 것이다. '포클레인'이라고 해도 안 될 건 없지만, 그보다는 '굴착기'라고 하는 게 더 좋겠다. ('굴삭기'는 일본식 이름이다.) 그리고 보면 중장비 이름에 이런 일본말이 참 많다. '스키로다'는 뭔가 했더니 '스키드로더'를 일본식으로 바꾼 것이고, '로라'는 '롤러(로울러)', '츄레라'는 '트레일러'의 일본식 이름이다. 요새는 이런 말 쓰는 사람 많지 않은 것 같지만, 얼마 전까지만 해도 이른바 '기름쟁이'들 사이에선 일본말이 '대세'였다.

권정생 선생님 시 '안동 껑껑이1'에 이런 구절이 있다. '성철네 어매요 / 성철이 왜 우니껴? / 오림삐꾸 회비 안 준다꼬 / 대고 대고 졸라서 / 똥자바리 한 받질 찼비렀니더.' 올림픽을 일본말로 하면 '오림삐꾸'가 되는 건 당연하다. 요새 사람들은 안 그렇지만 나이 든 사람들 가운데는 일본말 소리내기가 입에 익어서 올림픽을 저도 모르게 '오림픽'이라고 하는 사람이 많다.

유행가 노랫말에는 또 이런 구절도 있다. '차디찬 그라스에 빨간 립스틱……' 여기서 '그라스'는 유리잔을 가리키는 것 같은데, 그렇다면 잘못 썼다. 영어로 '글라스(글래스)'는 유리고 '그라스(그래스)'는 잔디다. '차디찬 잔디에 빨간 립스틱'이라니, 이게 무슨 말인가? 왜 이런 잘못된 말을 썼을까? 보나마나 일본말 영향이다. 일본말에는 글라스가 없고 그라스만 있으니 그럴 수밖에. 애당초 '차디찬 술잔에……' 하면 될 것을, 괜히 남의 말 따라 하다가 이런 꼴 났다.

'플라스틱'을 '프라스틱'이라고 하거나 광장(플라자)을 '프라자'라고 하는 것도 일본말 영향이다. 길 가다가 간판이나 광고를 보면 저렇게 써 놓은 데가 참 많다. 이건 아무래도 글을 쓰는 쪽에서 좀 더 조심해야 할 것 같다. 글자로 써 놓으면 다들 그렇게 읽으니까. 호화롭다는 뜻의 '딜럭스'를 '디럭스'로 쓰는 것도 마찬가지인데, 이런 건 하도 많이 써서 고치기 어려울 것 같다. 차라리 우리말로 새 이름을 하나 만들면 어떨까.

운동경기를 구경하다 보면 '화이팅!'이라는 구호를 자주 듣는다. 이건 싸움이라는 뜻의 '파이팅'을 일본식으로 소리 낸 것이다. 서양말이 일본에 건너가면 에프(f)를 나타내는 'ㅍ'을 모조리 'ㅎ'으로 적고 소리 낸다. 그래서 음악 시간에 계이름을 부를 때도 일본 아이들은 '도, 레, 미, 화……'라고 한다. 하지만 우리는 에프를 'ㅍ'으로 쓰니까 마땅히 '도, 레, 미, 파……'라고 해야 한다.

같은 이치로 '피트니스'를 '휘트니스', '프루트(과일)'를 '후르츠', '패밀리'를 '훼미리', '플레이크(얇은 조각)'를 '후레이크', 비프커틀릿'을 '비후까스', '비프스테이크'를 '비후스데끼'라고 하는 것도 일본말이다. 음료 이름에 '○○○화이바'라는 게 있는데, 이것도 '파이버(섬유질)'라는 서양말이 일본식으로 바뀐 것이다.

소리가 바뀐 건 아니지만, 요새 우리가 잘못 쓰는 말 가운데는 '로망'이라는 것도 있다. 이건 소설이라는 프랑스말을 일본사람들이 '꿈꾸는 것'이라는 뜻으로 잘못 쓰는 말이다. 그 잘못 쓰는 말까지 우리가 그대로 가져와 쓸 필요가 있을까. 마땅히 우리말 '꿈, 소망,

바람'쯤으로 바꿔 써야 할 것이다.

여기까지 읽고 내 말에 딴죽을 걸고 싶은 분 있을지 모르겠다. 피트니스나 휘트니스나 다 같은 남의 말인데 이렇게 쓰나 저렇게 쓰나 마찬가지 아니냐고 말이다. 그렇지 않다. 운동이라고 우리말로 쓰면 가장 좋지만, 어차피 남의 말로 쓸 바에는 그 말 본디 소리에 가깝게 적고 소리 내는 게 옳다. 굳이 '외래어 표기법' 같은 걸 들먹일 것도 없다. 멀쩡한 본디 소리를 두고 일본식으로 적고 소리 내는 건 생뚱맞고 뜬금없고 자존심 상하는 일이다.

그건 마치 '바람 풍'을 혀짧배기가 '바담 풍' 하는 걸 보고서 그게 옳은 말인 줄 알고(또는 틀린 걸 알면서도 멋있어 보여서, 또는 귀찮아서 그냥) '바담 풍' 하는 것과 똑같은 짓이다. 얼마든지 '바람 풍' 할 수 있는데도, 혀짧배기 흉내 내느라고 일부러 '바담 풍' 하고 앉아 있으면 얼마나 우스운가. 그런 우스운 짓, 이제는 그만할 때가 됐다.

옮긴 글도 우리 글이다
다른 나라 말 옮기는 문제

얼마 전에 어떤 외국소설을 읽다가 나도 모르게 짜증을 낸 적이 있다. 시도 때도 없이 나타나는 얄궂은 문장 때문이었다. 글이 마치 암호 같아서, 무슨 뜻인지 알아내는 데만도 시간과 품이 많이 들었다. 궁리 끝에 겨우 뜻을 짐작할 때쯤이면 이미 책 읽는 재미가 절반쯤 달아났다. 하지만 그만한 일로 책을 내던질 수는 없어 다음 줄로 눈을 돌리니, 또 한눈에 읽어 내기 어려운 어수선한 문장이 이어지더라.

'이게 대체 무슨 뜻이지? 내가 잘못 읽었나?' 눈을 비비고 두 번, 세 번 되풀이 읽어도 도무지 무슨 뜻인지 알 수가 없다. 끝내 정확한 뜻을 알아내지 못하고, 대충 넘겨짚어 어렴풋이 짐작할 수밖에 없었다. 그러고 나서 참을성 있게 몇 쪽을 더 읽었는데, 곧 다시 뜻을 알 수 없는 이상한 문장을 만났다.

어이쿠, 이게 뭐야? 아까는 대충 짐작이라도 했는데 이번에는 그야말로 오리무중이다. 세 번, 네 번 읽어도 무슨 말인지 모르겠다. 다섯 번, 여섯 번 읽어도 마찬가지다. 분명히 우리말이긴 한데, 도무지 뜻 모를 말이 뒤엉켜 있다. 이쯤 되면 책 읽기가 숫제 고행이 되어, 아무리 참을성 있는 사람이라도 더 읽기가 힘들어진다.

옮긴 글이 이렇게 엉망진창이 된 데는 몇 가지 까닭이 있을 것 같다. 첫째는 원문이 너무 어수선하고 헝클어져 있어 이렇게밖에는 옮길 수 없어서, 둘째는 옮긴이가 원문을 제대로 이해하지 못해서, 그리고 셋째는 원문을 이해하고 충실히 옮겼지만 '우리 글'이 되지 못해서, 이런 정도가 아닐까. 문제가 되는 것은 대개 셋째 경우다. 다른 나라 말을 그대로 풀어 옮긴다고 해서 우리말이 되지는 않으니 말이다.

앞에서처럼 뜻을 아주 풀기 어려운 경우도 있지만, 뜻 전달과는 상관없이 읽기에 거북한 글도 있다. 이를테면 다음과 같은 문장이다. 읽어 보면 무슨 뜻인지 알 수는 있지만 어딘가 어색하고 낯설다는 느낌이 든다.

이러한 진실에의 도달은 학생들 자신의 노력의 결과이지, 교사의 일방적인 지도에 의한 결과여서는 안 될 것이다.

이런 경우는 외국말을 너무 곧이곧대로 옮기려다가 우리말 성질을 놓친 보기가 될 것 같다. 원문을 보지 못해 정확한 뜻은 알 길이 없으나, 다음과 같이 옮겨서 안 될 까닭이 있을까.

이러한 진실에 이르는 길은 학생들 스스로 힘써 찾아야지, 교사가 억지로 가르쳐 준다고 되는 일은 아닐 것이다.

또 다음과 같은 문장은 어떨까? 재미 삼아 읽고 우리말 성질에 맞게 고쳐 보자.

가르치는 행위의 내재적 선의 실천을 북돋우는 데는 어떤 종류의 제도적인 지원이 요구된다.

우선 일본말투 토씨 '-의'와 뒷가지(접미사) '-적'이 연거푸 들어가서 몹시 거치적거린다는 느낌이 들고 심한 글말투도 거슬린다.

(교사가 학생들을) 속속들이 잘 가르치게 하려면 여러 가지 제도를

마련하여 도와주어야 한다.

어떤가. 한결 우리말답고 부드러워지지 않았나.

어린이 책이라면 글 옮기는 일은 좀 더 조심스러워야 한다. 우리 아이들이 어려서부터 어색한 남의 나라 말투로 된 책을 읽으면서 자라야 한다는 건 끔찍하다. 이것은, 어떻게 보면 남의 나라 말을 어려서부터 바로 가르치는 것보다 더 나쁠 수 있다. 이를테면 영어를 배울 때 아이들은 그게 남의 말이라는 걸 잘 안다. 그래서 딱 돌아서면 우리말을 우리식으로 말하고 쓰는 데 거리낌이 없다. 하지만 우리말을 남의 말법으로 뒤틀고 허물어 놓은 글을 읽는다면? 날마다 그런 책만 읽는다면 아이들은 끝내 우리말을 우리식으로 말하고 쓰지 못하게 될 것이다. 이것은 심각한 문제다.

책꽂이에 꽂힌 어린이 책 가운데 한 권을 눈에 띄는 대로 뽑아 들고 아무 데나 펼쳐 보니 이런 대목이 눈에 띈다.

두눈이가 대답했다.

"어찌 제가 울지 않을 수 있겠어요? 제가 다른 사람들처럼 눈이 둘 있다고 저의 언니, 동생, 그리고 어머니는 저를 구박하는 거예요. (줄임) 오늘은 그들이 먹을 것을 너무 조금 주었기 때문에 배가 고파 못

견디겠어요."

'한눈이, 두눈이, 세눈이' 《리더스다이제스트 어린이세계명작동화선집1》

'오늘은 그들이 먹을 것을 너무 조금 주었기 때문'이라고? 우리 나라 사람들은 아무도 그렇게 말하지 않는다. 모두들 '오늘은 (언니, 동생, 어머니가) 먹을 것을 너무 적게 줘서'라고 하든지 아니면 아예 그냥 '먹을 것이 없어서'라고 한다. '어찌 제가 울지 않을 수 있겠어요?'도 어색하긴 마찬가지다. '눈을 두 개 가졌다'고 하지 않고 '눈이 둘 있다'고 한 것이 그나마 잘 옮긴 것으로 보인다.

같은 책을 몇 장 넘기다 보니 이런 대목도 눈에 띈다.

"시장님 양복에 잼을 묻혀서는 안 되지." 그는 생각했다. "그러니까 양복이 다 될 때까지 빵은 한 입도 먹지 말아야지."

그리하여 그는 다시 일을 시작했으며 그의 바늘은 번개처럼 움직였다. 생각컨대 시장은 나중에 자기 옷이 대충대충 바느질이 되어 있는 것을 알았을 것이다.

'용감한 꼬마 재봉사' 《리더스다이제스트 어린이세계명작동화선집1》

우선 대화와 바탕글 문제를 짚고 넘어가자. 우리 글에서 바탕글은 대화 앞에 오거나 뒤에 온다. 바탕글이 대화 사이에 비집고 들어가는 꼴은 서양 글에서만 발견되는 틀이다.

'그는'이나 '그의' 같은 삼인칭대이름씨(삼인칭대명사)도 우리말법에는 없다. 마땅히 '바느질꾼(재봉사)은'처럼 이름씨를 말하거나 아예 뺄 일이다. '생각컨대'로 시작하는 마지막 문장은 너무 뜬금없다. 원문이 어떻게 되어 있건, 마음이 급해서 바느질을 듬성듬성 아무렇게나 해 버렸다는 것을 알기 쉽게 나타내는 것이 좋을 뻔했다.

내친김에 한 군데만 더 읽어 본다.

푸른 수염의 신부는 푸른 수염의 재산을 모두 물려받았다. 신부는 재산의 일부를 언니에게 주어 언니가 전부터 사랑하던 젊은이와 결혼하여 살도록 했다. (줄임) 그리고 나머지를 가지고 훌륭한 신사와 만나 생활하는 데 썼다. 그리고 그 신사는 곧 자기 신부로 하여금 푸른 수염과 살면서 겪었던 모진 경험을 잊게 했다.

'푸른 수염' 《리더스다이제스트 어린이세계명작동화선집2》

아이들이 읽기엔 너무 길고 어수선하지 않은가. 둘째 문장은 둘로 나누어 신부가 자기 재산을 떼어 언니에게 주었다는 말과, 언니는 그 재산을 밑천으로 결혼해서 잘 살았다는 말을 따로 하는 게 알아듣기 쉽겠다. 그리고 마지막 문장은 서양말투인 시킴꼴(사동형)을 그대로 옮길 일이 아니라 좀 더 우리말법에 맞게 다듬어야 했다. 새로 만난 남편이 좋은 사람이라는 것을 말하고 나서, '신부는 남편 덕분에 옛날에 겪은 모진 일을 다 잊었다'는 식으로 말하는 편이 좋았을 것이다.

글을 옮기는 이들은 '원문에 충실'해야 한다고 말한다. 옳은 말이다. 하지만 '원문에 충실'한 것이 원문을 '직역'하는 걸 뜻하지는 않을 게다. 우리말로 옮긴 글은 우리나라 사람들이 읽는다. 그렇다면 마땅히 그것은 우리 글이 되어야 한다. 옮긴 글이 아이들을 위한 것이라면 더욱 그렇다.

한글날에 생각나는 것들
한글은 누가 지켜 왔나?

옛이야기 가운데 이런 것이 있다. 글자 모르는 사돈끼리 편지질을 하는데, 한 사돈이 먼저 동그라미를 큼지막하게 하나 그려 보냈다. 그랬더니 다른 사돈이 그걸 보고 동그라미에 긴 작대기를 하나 꿴 그림을 도로 보냈다. 다시 이쪽 사돈은 그 밑에 붉은 점 푸른 점을 하나씩 찍어 보냈다. 이게 대체 무슨 뜻일까?

웃자고 만든 이야기니까 정답이 있을 리 없지만, 동그라미는 누룩이고 작대기는 뻗댄다는 뜻이며 붉고 푸른 점은 '붉으락푸르락' 하다는 뜻이란다. 풀어서 말하자면 처음 사돈이 누룩 좀 보내 달라고 하니 다른 사돈이 싫다고 죽 뻗대고, 그러니 이쪽 사돈은 화가 나서 얼굴이 붉으락푸르락해졌다는 것이다. 알고 보면 싱거운 이야기다.

그런데 나는 이 이야기를 들으면서 한 가지 궁금증이 생겼다. 주인공들이 그린 그림은 모두 모양과 뜻을 나타낸 것이다. 왜 처음부터 소리로 적으려는 생각을 못 했을까? 아마 이 이야기에서 '글자를 모른다'고 할 때의 글자는 한문글자를 말한 건지 모른다. 애당초 한글로 편지를 쓰기로 했다면 구태여 이런 수고를 할 까닭이 없기 때문이다. 이를테면 이들이 낫 놓고 기역자를 모르는 까막눈이었다고 해도, 마음만 먹으면 한나절 만에 '가갸거겨'를 배워서 훌륭하게 편지를 썼을 것이다.

'한나절 만에'라고 하니까 부풀려 말하는 줄 알겠지만, 이건 사실에 가깝다. 실제로 옛날 야학 같은 데서 글자 모르는 사람에게 한글을 가르칠 때 쓰던 '반절표(가갸표)'는 보통 하루 만에 다 깨칠 수 있었다. 그 틀이 매우 정교하여 하나를 배우면 열을 알게 돼 있기 때문이다. 오죽하면 한글을 가리켜 '통시글' 또는 '정낭글'이라고 했을까. 무슨 뜻이냐고? 잠깐 통시(정낭 곧 뒷간)에 앉아 볼일 보는 사이에 깨치는 글자라는 뜻이다. 이처럼 한글은 쉽다. 너무 쉽다. 세상에 이렇게 쉬운 글자는 없다.

나는 가끔 아는 사람에게 손전화로 글자를 찍어 보내다가 깜짝깜짝 놀라곤 한다. 홀소리(모음) 글자를 만들 때 더구나 그렇다. 세상에 작대기 두 개와 점 하나로 모든 홀소리를 나타낼 수 있는 글자가 어디에 있겠나. 누운 작대기(ㅡ) 하나와 선 작대기(ㅣ) 하나, 그리고 점(ㆍ) 하나만 있으면 못 나타낼 홀소리가 없으니 하는 말이다.

닿소리(자음) 글자도 쉽기는 마찬가지다. 다른 나라 사람이 한글을 배울 때 닿소리를 여섯 뭉치로 묶어 주면 참 쉽게 배운다고 한다. 'ㄱ-ㅋ, ㄴ-ㄷ-ㅌ, ㅁ-ㅂ-ㅍ, ㅅ-ㅈ-ㅊ, ㅇ-ㅎ, ㄹ'이 그것이다. 소리 나는 곳이 비슷하니, 이 여섯 뭉치 닿소리 글자는 한 식구라 할 만하다. 이처럼 바탕이 되는 글자가 오로지 아홉 개(홀소리 글자 세 개와 닿소리 글자 여섯 개)뿐인데, 어찌 한나절 만에 못 배울까.

그런데 참 알다가도 모를 일이 있다. 글이 쉬우면 자랑스러워해야 할 텐데, 어떤 사람은 쉽다고 오히려 깔본다. 옛날 사대사상에 젖은 벼슬아치들이 그러했고, 오늘날 외국 것이라면 사족을 못 쓰는 사람들이 그러하다. 이를테면 옛날 세종대왕이 훈민정음을 만들어 퍼뜨리려고 하자 중국 것 떠받들기에 이골 난 벼슬아치들이 임금에게 이런 상소를 올렸다.

바른 의논을 하는 사람이라면 반드시 쉬운 언문을 써서 임시방편으로 편리를 꾀하기보다는 차라리 더디고 느릴지라도 중국글자를 익혀 길고 오랜 계책으로 삼는 것만 못하다고 할 것입니다. (줄임) 만약에 언문이 널리 쓰이게 되면 벼슬하는 자가 오로지 언문글자만 익히고 학문을 돌아보지 않게 되어 폐단이 클 것이며, 모두 생각하기를 스물일곱 자 언문만 배워도 능히 일을 할 수 있다고 할 것이니, 무엇 때문에 힘을 써 성리학을 공부하려고 하겠습니까?

〈훈민정음 반대 상소〉

또 이런 상소도 올렸다.

우리나라는 옛날부터 지극한 정성으로 큰 나라를 섬기고 한결같이 중국을 본받아 글자나 제도를 중국과 똑같이 하고 있는데, 새로 언문을 만든다니 참으로 괴상한 일입니다. (줄임) 만약 이 소문이 중국에 흘러 들어가서 혹시라도 나무라는 사람이 있으면 어찌 중국을 섬기고 그 문물을 사모하는 데 부끄러움이 없겠습니까?

〈훈민정음 반대 상소〉

이들은 쉬운 한글 때문에 어려운 한문글자가 사라질까 두려워했던 것이다. 그게 왜 그렇게 두려우냐고? 그렇게 되면 자기네 설자리가 없어지기 때문이다. 지금까지 남들이 모르는 어려운 한문글자 아는 것으로 행세하고 살았는데, 이제 백성들이 글자를 알게되면 자기들 권위가 땅에 떨어질 테니 말이다. 요새 우리 한글을 얕보고 남의 글자 숭배하는 사람들도 이와 비슷한 생각을 하는 게 아닌지 모르겠다.

그래도 요즈음 한글이 두루 쓰이는 모양새를 보면 참 다행이라는 생각이 든다. 왕조시대와 식민지시대를 거치면서 온갖 어려움과 서러움을 겪긴 했지만, 이제는 누가 뭐래도 떳떳한 우리 글자로 대접받고 있기 때문이다. 이제 우리나라 사람이라면 누구나 한글로 편지를 쓰고 한글로 된 책을 읽는다.

다행스러운 일이다. 이건 오로지 가난하고 힘없는 백성들이 그동안 한글을 열심히 쓰고 사랑해 준 덕분이다. 다 그런 건 아니겠지만, 권세 있는 벼슬아치들과 돈 많은 부자들은 거의 한글 따위에 관심 없었다. 그이들은 쉬운 한글보다 어려운 남의 나라 글자 쓰는 걸 훨씬 '모양 나는' 일로 생각해 왔고, 지금도 그러하다.

오늘날 한글을 우습게 보는 이들이 누구인가? 국회, 재판소, 관청, 대기업, 대학교 같은 곳, 높은 자리에 있는 매우 '잘난' 사람들이다. 한마디로 권세 있고 돈 많은 사람들이다. 견주어 말하자면, 이들이 우습게 보고 내팽개친 한글을 가난하고 힘없는 백성들이 거두어 애지중지 보듬어 쓰는 꼴이다. 너무 심한 말 아니냐고? 절대 아니다. 오늘도 백성들이 가게 앞에 '행복떡볶이' 간판을 달고 대문에 '사글세방 있습니다'와 같은 쪽지를 붙이는 동안, 관청과 기업에서는 좋은 한글 헌신짝처럼 버리고 로마자 모셔 오기에 정신이 없다.

말이 나왔으니 말이지만, 민간기업은 둘째 치고 이른바 공기업들이 멀쩡한 한글 이름 버리고 새 로마자 이름 지어 다는 걸 보면 말문이 탁 막힌다. 글쎄 '한국도로공사'는 '이엑스(EX)'가 되고, '한국철도공사'는 '코레일(KORAIL)'이 되고, '한국수자원공사'는 '케이워터(K-WATER)'가 되고, '도시개발공사'는 '에스에이치(SH)공사'가 되고, '농수산물유통공사'는 '에이티(aT)'가 됐다니!

더구나 이런 이름을 로마자로 버젓이 써서 온 나라 구석구석에 붙여 놓는 건 법을 우습게 아는 짓이라고 할 수밖에 없다. 우리나라에는 '국어기본법'이 시퍼렇게 살아 있고, 그 법에 따르면 공공기관의 문서는 반드시 한글로 적도록 되어 있으니 말이다.

하기야 이런 일이 어디 어제오늘 일인가. 새삼스러운 일도 아니지만, 한글날이 다가오니 공연히 이런 생각 저런 생각이 나서 한번 적어 본다.

말이 아니라 마음이 문제다

말 바꾸기, 어떻게 볼까?

　오래전 일이지만, 신문광고를 보다가 하도 어이가 없어 한동안 입을 못 다문 적이 있다. 어떤 광고였는고 하니 쓰레기통 광고였다. 쓰레기통이라고 아무거나 쓰겠느냐면서, 고급 쓰레기통을 써야 진정한 문화인이라고 한 데까지는 봐줄 만했다. 쓰레기통도 이제는 '품격'이며 '패션'이라고 말하는 것도 지나치다 싶긴 하지만 그런대로 견딜 만했다. 그런데 이어지는 문구를 보고는 그만 어안이 벙벙해졌는데, 내 기억이 틀림없다면 이런 것이었다.

　"쓰레기통이라고 부르기 아까워 더스트박스라 부릅니다."

　그러니까 쓰레기통이라는 이름이 왠지 싸구려 같은 느낌이 들어서 값비싼 자기네 물건과 어울리지 않는다는 얘기다. 그래서 이름을 바꿨나 본데, 바꾼 이름이라는 게 그저 우리말을 영어로 옮긴 것으로 뜻은 똑같이 쓰레기통이다. 이건 좀 기막히다. 정말 그런가? 똑같은 뜻이라도 우리말로 하면 '저급'하고 영어로 하면 '고급'스러워진단 말인가?

그러고 보니 과연 그런 것도 같다. 워낙 우리말이 천대받다 보니 똑같은 사물을 가리키는 말도 우리말로 하면 뭔가 '없어 보이는' 것이다. 물론 이것을 영어로 하면 썩 그럴듯해 보인다. 이를테면 '금강석'은 싸고 '다이아몬드'는 비싼 것 같다. '비단옷'은 촌스럽고 '실크드레스'는 세련되어 보인다. '땅굴'이라고 하면 두더지나 파는 것으로 사람이 다닐 만한 곳이 못 되는 듯한데 '터널'이라고 하면 괜찮다. '껄렁패'라고 하면 왠지 못나 보이는데 '터프가이'라고 하면 괜히 멋져 보이는 것도 같은 이치다.

옛날에는 집 안에서 볼일 보는 곳을 가리켜 '뒷간'이라 했다. 대개 집 뒤꼍 후미진 곳에 있어서 그랬는지 아니면 뒤를 보는 곳이라고 해서 그렇게 일렀는지는 알 수 없으나, 어쨌든 뒷간이라는 말은 백성들 사이에서 아무 거리낌 없이 두루 쓰였다.

그러던 것이 '변소'가 나서면서 뒷간이 천대받기 시작하더니, 뒤이어 '화장실'이라는 새말이 나타나면서 뒷간은 아예 사라져 버렸다. 옛날에도 글 배운 양반들은 뒷간 대신 '측간'이나 '측소' 따위 한자말을 즐겨 썼다. 요새도 절 같은 데서는 '해우소' 같은 이름도 쓰는 모양인데 멋스러워 보이긴 하되 낯설어서 백성말(민중말)이 되기는 어려울 것 같다.

요새 새로 지은 큰 집에 가면 더러 '파우더룸'이라는 이름표도 붙어 있더라. 이러다가는 머잖아 화장실마저 사라지는 게 아닐지 모르겠다. 어떤 이는 파우더룸과 화장실은 쓰임이 다르다고도 하던데, 그렇다면 애당초 화장실이란 이름을 만들 건 뭐람. 화장실이 화장하는 곳이 아니면 뭐란 말인가.

그러니까 내 말은, 처음부터 공연히 뒷간 같은 '죄 없는 말'을 몰아낸 게 잘못이었다는 얘기다. 뒷간이라는 말에 이미 지저분한 느낌이 배어 있어서 맛이 나쁘다고 하는 이도 있던데, 그건 말 그대로 느낌일 뿐이다. 뒷간 모양이 바뀌면서 말도 따라 바뀌어서 그런 것이지, 처음부터 지저분한 곳을 일러 뒷간이라고 했던 것은 아니다. '부엌'과 '주방'도 마찬가지다. 가마솥과 아궁이가 있는 '재래식' 부엌이 개수대와 전자레인지가 있는 '현대식'으로 바뀌면서 많은 사람들이 부엌을 버리고 일본말 주방을 가져다 쓰는 바람에 말이 주는 느낌까지 바뀐 것뿐이다.

쓰레기통을 더스트박스라고 고쳐 일컫는다 해서 갑자기 문화인이 되는 게 아니듯이, 이름을 바꾼다고 사물의 본질이 달라지는 건 아니다. 그런데도 왜 사람들은 자꾸만 이름을 바꾸는 것일까? 두말할 나위 없이 말맛이 나쁘다고 여기기 때문이다. 무언가 느낌이 썩 좋지 않다는 생각 때문에 묵은 말을 버리고 새말을 만들어 쓰는데, 그 새말이라는 게 십중팔구는 다른 나라 말이니 참 허망하다. 옛날에는 그것이 중국말(한자말)이었고, 한때는 일본말이더니 요새는 대개 미국말이다. '저고리'가 '가다마에'가 되고 다시 '재킷'이 되는 과정이 이를 잘 보여 준다.

무엇이 문제인가? 내가 보기에는 우리 것을 얕잡아 보는 그 '마음'이 문제다. 실제로 우리말은 맛이 나쁘고 외국말은 맛이 좋아서 그리된 게 아니라는 뜻이다. 이미 우리 것은 촌스럽고 값싸고 지저분한 거라고 생각해 버렸는데 뭘 어쩔 것인가? 우리 뒷간은 더럽고 냄새나는 곳이라고 못 박아 놓은 다음에는 그 뒷간이 아무리 깨끗하고 반들반들해져도 그것은 이미 '뒷간'이 아닌 것이다. 이런 좋은 것에는 촌티 나는 우리말이 안 어울리니까 더 멋있고 세련된 서양 말을 빌려다 쓰자, 이렇게 생각하고 마는 것이다. 애당초 우리 것을 편견 없이 바라보았으면 뒷간은 아무리 깨끗해져도 그냥 뒷간이었을 텐데 말이다.

'그러면 말은 어떤 경우에도 바꾸어서는 안 된다는 얘기냐?'고 묻는다면 나는 얼른 손사래를 치겠다. 때때로 말이 이미 편견이나 선입견을 품고 있을 때는 얼른, 될 수 있는 대로 빨리 바꾸어야 하겠지. 이를테면 어떤 사람은 장애인을 가리켜 '불구자'라고 하는데, 이런 말이야말로 정녕 몹쓸 말이다. '그깟 말 한마디가 뭐 어때서?'라고 생각한다면 당신은 너무 무례하거나 무딘 사람이다. 비장애인을 가리켜 '정상인'이라고 하는 것도 마찬가지로, 이런 말 속에는 폭력이랄 수밖에 없는 편견이 스며들어 있다. 그러니 이런 말을 안 바꾸고 어쩔 것인가? '남녀'나 '여남'을 '양성'이라 고쳐 말하는 것도 섬세한 배려가 깃든 경우다. 여성학자 정희진 선생은 우리가 무심코 하는 인사말 '다음에 봐요'조차 앞을 못 보는 분들에게는 실례가 된다고 했는데, 지나치다 할지 모르지만 어쨌든 말을 조심해서 나쁠 건 없다.

하지만 다만 말맛이 나쁘다는 까닭으로 우리말을 남의 나라 말로 함부로 고치는 건 어떨까? 그 말맛이라는 것도 따지고 보면 귀걸이, 코걸이 격인데 말이다. 어떤 사람이 비단옷에서 촌스러움을, 실크드레스에서 세련됨을 느꼈다면 그와 반대로 느끼는 사람도 있을 수 있다. 그리고 이 경우 우리말에 편견을 갖고 있는 것이 확실하다면, 말을 바꿀 것이 아니라 생각을 바꾸는 편이 옳다. 즉 쓰레기통보다 더스트박스가 더 고급스럽게 생각된다면, 바로 그 생각을 바꾸는 것이 옳다는 말이다.

나는 이 생각이 쉽게 바뀌지 않을 거라는 걸 잘 안다. '생각의 틀을 바꾸는' 일보다 '사고의 패러다임을 전환하는' 일이 더 근사해 보이는 한은 말이다. 하지만 그것이 편견이라면 바꾸어야 한다. 편견은 자기를 망치고 남을 파괴하기 때문이다.

이 세상 편견은 다 나쁘지만, 그 칼끝이 자신을 겨누는 편견은 더 나쁘다. 영어를 모국어로 쓰는 미국사람이 영어 이름은 세련되었고 한국말 이름은 촌스럽다고 여기는 것도 나쁘지만, 그보다 더 나쁜 건 우리나라 사람이 바로 그렇게 생각하는 것이다. 그런 편견은 결국 자기를 부정하고 무너뜨릴 것이기 때문이다.

남을 업신여기는 이는 망나니가 되겠지만 적어도 남의 종은 되지 않는다. 하지만 자기를 업신여기는 이는 남의 종살이를 할 수밖에 없다. 우리가 우리도 모르는 사이에 '간첩'은 뭔가 음산하지만 '스파이'는 멋있다는 편견에 사로잡혀 있다면, 어서 빨리 그 꿈에서 깨어나야 한다. 그것은 다만 말 한마디를 살리는 일이 아니라 우리 자신을 살리는 일이기 때문이다.

영어 잘 하는 놈, 못 하는 놈, 관심 없는 놈

우리에게 영어는 무엇인가?

제목을 달아 놓고 보니 쑥스럽다. 영화 제목이나 흉내 낼 만큼, 나도 이제 염치고 품위고 다 잃어버렸나 보다. 하기야 요새 세상 돌아가는 꼴을 보면 한가하게 품위나 찾고 있을 수도 없게 됐다. 너그러운 독자라면 이렇게 이해해 주시겠지. "오죽하면 저럴까."

다들 먹고살기 어렵다고들 아우성이지만, 이런 불황 속에서도 장사가 잘되는 곳이 있다. 들은 얘기지만 고급술집('룸살롱'이라고 하는 곳)과 영어학원이 그렇단다. 바야흐로 빈부격차가 하늘과 땅 차이로 벌어져 상류층 '접대문화'가 기승을 부리니 고급술집이야 그렇다 치고, 영어학원은 도대체 뭔가.

별로 머리를 굴릴 것도 없이 해답을 찾아낸다. 요새 영어는 '밥 줄'이다. 그걸 잘해야 진학도 하고 취업도 하고 승진도 한다. 아무리 먹고살기 어려워도, 아니 먹고살기 어려울수록 목숨 걸고 매달려야 하는 것이 영어다.

그래서 그런가? 우리나라 사람들이 영어에 쏟아붓는 돈은 상상을 뛰어넘는다. 듣자니 이른바 영어 사교육 시장에 도는 돈이 한 해 6조 원이 넘는다는데, 모르긴 해도 이만한 돈이 오가는 시장이 많지는 않을 것이다. 또 듣자니 학원마다 '원어민' 영어교사 모시기에 열을 올리는 바람에 그 몸값이 하늘 높은 줄 모르고 치솟는다니 절로 입이 벌어진다. 그것도 실력보다는 피부색에 따라 인기가 달라진다니 더 무슨 말을 하랴.

다시 제목 이야기로 돌아가자. 지금 우리나라에는 세 부류 사람들이 있다. 첫째는 영어 잘 하는 사람들이다. 이 말을 듣고 행여 "나도 학교 다닐 때 영어깨나 했는데……." 하면서 섣불리 이 무리에 들어갈 생각은 말기 바란다. '토익 점수'를 만점 가까이 받은 분들도 잠깐만 기다려 주기 바란다.

애당초 미국에서 태어나 미국 국적을 가지고 있거나, 미국 정계 재계에 내로라하는 실력자를 친구로 두었거나, 미국에 집 한 채쯤 갖고 있어 그쪽을 제집 드나들듯 하거나, 우리나라에 살면서도 아이를 외국인학교에 보냈거나, 그도 아니면 최소한 강남 부자 동네에 살면서 상류층 소리를 들어야 이 무리에 낄 수 있다. 뜬금없이 웬 강남 부자 타령이냐고 묻지는 않으시겠지. 거기에 살면서 주한 미군 골프장 출입증쯤 가지고 있으면 영어 잘 못해도 이 무리에 낄 수 있다. 요컨대 대한민국 특수층, 상류층이다.

둘째는 영어 못하는 사람들이다. 미국하고는 애당초 인연이 없지만 일찌감치 영어가 곧 권력이요 계급이란 걸 알아차린 사람들이며, 그래서 어쨌든 영어를 잘해 보려고 눈물겨운 '투쟁'을 벌이는 사람들이다. 초등학생 때부터 정년퇴직할 때까지, 평생 영어 때문에 '스트레스'를 받으면서도 그 굴레를 벗어나지 못하는 사람들이다. 내 아이가 남보다 뒤질세라 영어학원과 영어학습지 광고가 눈에 띄면 그냥 지나치지 못하며, 아이 영어과외비를 벌기 위해 시간제 아르바이트도 마다지 않는 사람들이다.

이들은 허구한 날 영어를 입에 달고 살지만 그렇다고 영어를 썩 잘하는 건 아니다. 이 가운데에도 영어를 정말로 잘하는 사람이 있긴 한데, 그건 참으로 피눈물 나는 노력의 결과이므로 존중받아 마땅하다.

셋째는 영어에 관심 없는 사람들이다. 당장 하루 끼니 걱정에 잠 못 이루는 사람들, 곧 철거될 집에 살면서 언제 쫓겨날지 몰라 두려움에 떠는 사람들, 빚더미에 올라앉아 시름으로 세월 보내는 농사꾼들이 그러하다. 이들도 영어가 세상을 쥐락펴락한다는 것쯤은 알고 있다. 다만 언감생심 그걸 배울 엄두를 못 낼 뿐이다. 그러니 어디에 좋은 영어학원이 새로 생겼는지, 토익시험 원서값이 얼마나 올랐는지, 아이가 다니는 학교나 학원 원어민교사 수준이 어떠한지 관심 있을 리 없다.

이 사람들은 막말로 영어가 공용어가 된다 해도 놀라지 않을 것이다. 이미 세상이 자기들을 금 밖으로 내몬 채 돌아간다는 이치를 알고 있기 때문이다. 드물게는 영어로부터 해방되기를 꿈꾸는 일부 자유인들이 일부러 영어를 외면하고 살기도 하지만, 이들조차 온전한 해방은 힘들다는 것을 잘 알고 있다.

여러분이 어디에 드는지는 묻지 않겠다. 내가 생각하기로 우리나라 사람들 70~80퍼센트는 둘째 부류에 들지 않을까 싶다. 셋째 부류가 한 20~30퍼센트쯤 될 것이고, 나머지 극소수가 첫째 무리에 들 것이다.

그렇다면 한 가지 의문이 생긴다. 우리나라 사람들 대부분은 영어로 덕을 보는 게 아니라 영어 때문에 피해를 보며 산다. 그런데도 왜 우리는 이 굴레를 벗어나지 못하는가?

이 물음에 바로 대답하는 대신 내가 읽은 책 가운데 몇 구절을 소개하겠다.

예로부터 중국 속국이 글자를 따로 만든 예가 없고 오직 오랑캐들만이 그런 짓을 한 바 (줄임) 이제 따로 언문을 만들어 중국을 배반하고 스스로 오랑캐와 같아지려 하니, 이것이 곧 바름을 버리고 그름을 얻는 일이라 어찌 문명의 큰 흠집이라 하지 않겠습니까.

<훈민정음 반대 상소>

1942년 함흥영생고등여학교 학생 박영옥이 기차 안에서 친구들과 한국말로 대화하다가 조선인 경찰관인 '야스다'에게 발각되어 취조를 받게 된 사건이 벌어졌다. 일본경찰은 취조 결과 여학생들에게 민족주의 감화를 준 사람이 서울에서 사전 편찬을 하고 있는 정태진임을 파악하였다. 같은 해 9월 5일에 정태진을 연행, 취조해 조선어학회가 민족주의단체로서 독립운동을 목적으로 하고 있다는 자백을 받아냈다.

《한국민족문화대백과사전》

육이오가 끝난 뒤 서울 변두리에 천막집을 만들고 '달동네 배움터'라 그랬지요. 그런데 경찰이 나를 잡아다 매달아 놓고 그게 무슨 말이냐고 물었습니다. 내가 설명하자 "그러면 하꼬방이지 달동네가 뭐야?" 하기에 하꼬방은 일본말이라 했더니 "너 일본말 싫어하는 걸 보

니 빨갱이가 틀림없다."면서 치고 밟고 꺾는데 정말 죽을 것 같았습
니다.

백기완, '내가 우리말과 함께 살아온 이야기', 《우리말로 학문하기의 사무침》

그러고 보니 우리말 우리글을 사랑하고 아끼는 일은, 높은 자리
에 올라앉아 부귀영화 누리는 사람들 눈에는 대역죄쯤으로 비치나
보다. 조선시대에도 그랬고, 일제강점기에도 그랬고, 해방 뒤에도
그랬다. 세종대왕은 비록 임금이었지만 그 마음은 벼슬아치들보다
백성 쪽에 가까웠다는 걸 알겠다. 그땐 그래도 글자 가지고만 뭐라
했지, 말 가지고는 그러지 않았다. 백성들이 우리말만 한다고 차별
받은 일은 일제강점기 말고는 없었다. 그 일이 이제 와서 다시 벌어
지고 있다. 아니라고? 요새 세상에 영어 못하고도 사람답게 살 수
있다고 보는가?

그래서 이 글을 읽는 여러분에게 감히 말씀드린다. 대개 '영어 못
하는 사람' 축에 들 우리가 살길은 하루빨리 그 억압으로부터 해방
되는 길밖에 없다. 비록 당장은 생계 때문에, 또는 아이들 장래 때
문에 어쩔 수 없이 영어에 돈과 품을 들이겠지만 마음까지 속속들
이 빼앗겨 버리지는 말자. '영어가 곧 권력이요 계급'이라고 외치는
'영어 잘하는 사람'들 앞에서 기죽지 말자. "그래, 우린 영어도 못하

니까 못난이들이야." 하며 고개 숙이지 말고 떳떳하게 고개를 들고 이렇게 말하자.

"우린 그런 말에 속지 않아요. 영어가 정말 필요하고 배울 만하다고 해도, 그걸 판단하고 결정하는 건 우리 몫이에요. 당신들이 우리에게 강요할 순 없어요. 우린 정말로 우리 스스로 원해서 영어를 배울 거예요, 언젠가는."

그리고 한마디 덧붙여도 좋겠다.

"우리말을 사랑하는 것도 우리 뜻이에요. 그걸 막을 수 있는 권리는 누구에게도 없어요."

머리글자 전성시대
로마자 머리글자, 이대로 좋은가?

나라 힘이 약하다 보니 힘센 나라 억지 부리는 일, 그런 나라와 밀고 당기는 일을 많이 겪는다. 요새 들리는 소식에는 국제관계에 얽힌 기구나 조약 이름이 자주 나온다. 싫든 좋든 그런 말들을 들으며 살다 보니 온 백성이 국제문제 전문가가 된 기분이다.

그런 '전문용어' 가운데는 로마자 머리글자로 된 준말(줄임말)이 꽤 많다. '지소미아(GSOMIA)'는 '한일 군사정보보호협정'이고, '소파(SOFA)'는 '주한미군지위협정'이며, '에스엠에이(SMA)'는 '한미방위비분담금 특별협정'이다. 이런 말은 신문방송에 워낙 자주 나와서 귀에 설지 않다.

북한과 미국이 티격태격하면서 거기에 얽힌 이름도 심심찮게 신문방송에 오르내린다. '엔피티(NPT)'는 '핵확산 금지조약'이고,

'아이에이이에이(IAEA)'는 '국제원자력기구'다. 그런가 하면 '아이시지(ICG)'는 '국제위기감시기구'이고, '시티비티오(CTBTO)'는 '포괄적핵실험 금지조약기구'다. 뭘 하는 덴지도 잘 모르는 국제기구 이름이 할아버지 이름보다 더 자주 우리 입에 오르내리니 시쳇말로 기분이 몹시 꿈꿈하구나.

로마자 머리글자를 주르르 이어 붙인 이런 말은 처음 들으면 무척 낯설고 알아듣기도 힘들다. 혹시 이런 낯선 말을 대신할 우리말이 없나 찾아보다가 내 무식함에 혀를 찼다. 애당초 이런 말은 영어(를 비롯한 서양말)로 만들었고, 그래서 그걸 다 말하기 어려우면 로마자 머리글자로 줄여 말하는 수밖에 없다. 그게 싫으면 억지로 옮긴 듯한 우리말을 써야 하는데, 너무 길고 어수선해서 읽기조차 힘드니 말이다.

길고 어수선한 말을 줄이는 버릇은 우리말에도 있다. 예전에 내가 초등학교에 다닐 때는 '사생'이라는 과목이 있었는데, 이것은 '사회생활'의 준말이었다. 같은 이치로 '바른생활'은 '바생'이라고 하고 '슬기로운 생활'은 '슬생'이라고 한다. 또 '특별활동'은 '특활'이라고 하고 '창의적 체험 활동'은 '창체'라고 한다. 그렇다고 해서 이게 무슨 말이냐고 되묻는 사람은 아무도 없다. 말하자면 긴 말을 줄여서 짧게 만드는 건 매우 자연스러운 일이며, 슬기롭다고 칭찬

할지언정 나무랄 일은 아니다.

그런데 요새 마른 풀밭에 불 번지듯 하는 로마자 머리글자로 만든 준말은 어떨까? '아이엠에프(IMF)'나 '에프티에이(FTA)'와 같은 말은 이미 '국민 낱말'이 되어서 새삼스럽게 준말입네 뭐네 하기도 무안할 지경이지만, 그게 무슨 말을 줄였는지 제대로 아는 사람은 드물다. 하기야 그런 말밑을 따지다 보면 어려운 영어 낱말이 줄줄 나와야 하는데, 그러다가는 자칫 '국민 스트레스'가 될 법도 하니 아예 따지지 않는 게 좋을 것 같다.

앞에 든 국제기구 말고도 로마자 머리글자로 만든 준말은 우리 둘레에 넘쳐난다. '시이오(CEO)' 같은 말은 보통 기업에서 많이 쓴다. 회사 최고 책임자란 뜻인 것 같은데, 너도나도 이 말을 쓰니까 두루이름씨(보통명사)처럼 돼 버렸다. '시이오'가 유행을 타니까 요새는 '시에이오(CAO), 시아이오(CIO), 시에프오(CFO), 시티오(CTO)'까지 나와서 우리같이 영어 모르는 백성들을 몹시 헷갈리게 한다.

로마자 머리글자는 특히 요새 온 나라를 주름잡는 '아이시티(ICT)' 분야에서 두드러진다. '피시(PC)'에 관련된 '오에스(OS)'니 '시피유(CPU)'니 '디브이디(DVD)'니 하는 말은 워낙 귀에 익어서 거의 우리말처럼 들리고, '유에스비(USB)' 저장장치나 '피디에이(PDA)'에 쓰이는 '에스디(SD)' 또는 '엠엠시(MMC)' 카드도 모르는 사람이 거의 없다. '엘시디(LCD)'나 '피디피(PDP)' 화면으로 '티브이(TV)' 방송을 보는 사람은 '엠시(MC), 피디(PD), 시에프(CF)' 같은 말은 거의 못 듣는 날이 없을 정도이고, '디엠비(DMB), 피엠피(PMP)' 같은 말도 얼른 따라잡지 못하면 태곳적 사람이란 소리를 듣게 됐다. 인터넷에서는 어떤 모임이나 들어가려면 '아이디(ID)'를 만들어야 하는데, 그것도 거의 자기 이름을 로마자 머리글자로 만드는 판국이니 말 그대로 머리글자 전성시대라 할 만하다.

로마자 머리글자의 가당찮음은 그것이 본디 뜻을 헤아리기조차 어렵다는 데 있다. 우리말 머리글자는 아무리 줄여 놓아도 본딧말을 어렵지 않게 짐작할 수 있다. 이를테면 '농협'이라고 하면 누구나 '농업협동조합'을 줄인 말이구나 하고 그 뜻을 알아차리지 않나. '민변'이나 '전교조' 같은 말도 조금만 생각해 보면 본딧말을 알 수 있다. 요사이 인터넷에 떠도는, 새로 만든 준말도 마찬가지다. '급질(급하게 질문한다), 즐감(즐겁게 감상한다), 깜놀(깜짝 놀란다)'과 같은 말은, 생뚱맞긴 해도 본디 뜻을 짐작하기가 그다지 어렵진 않다.

그런데 이와 달리 로마자로 된 머리글자들은 도무지 오리무중이다. 앞서 보기를 든 흔한 로마자 머리글자들도 그게 다 무슨 말을 줄인 건지 종잡을 수 없다. 그러니까 이런 말은 그냥 그런 게 있나 보다 할 뿐이지, 무슨 말이 줄어든 것인지 헤아리기는 힘들다. 뭐

어차피 이름일 뿐이니까 뜻 같은 건 아무래도 좋을지 모르지만, 아무튼 이쯤 되면 머리글자의 본디 쓸모도 사라지고 그저 앙상한 로마자 몇 개가 꼬치에 꿰인 산적처럼 엉거주춤 남아 있는 꼴이다.

게다가 세상이 빠르게 바뀌면서 하루가 멀다 하고 새로운 로마자 머리글자가 나오는 판인데, 그걸 일일이 따라잡으려면 참 바쁘게 되었다. 오늘도 신문에는 '엠오유(MOU)'라는 알쏭달쏭한 머리글자가 보인다. 뭔가 했더니 친절하게도 뒤에 묶음표를 치고 '양해각서'라고 설명을 달아 놓았더라.

후유, 읽다 보니 한숨부터 나온다. 이런 걸 다 우리말로 할 수는 없는 것일까. 우리말에 없는 낯선 머리글자가 들어온다면 새로 말 만들기가 힘드니까 그대로 쓸 수밖에 없다고 치자. (이때도 우리말로 새말을 만들어 쓰는 것이 나을 것 같긴 하다.) 그러나 우리말이 엄연히 있는데도 남의 말을, 그것도 머리글자 몇 개를 주르르 늘어놓아 만든 멋없는 말을 꼭 써야 할 까닭이 있을까.

말을 줄이는 건 좋다. 그렇더라도 같은 값이면 우리말로 줄여 쓰는 게 좋지 않겠나. 모든 말을 다 그럴 것까지는 없을 터이다. '티브이'나 '시디' 같은 말은 워낙 널리 쓰이는 데다가 굳이 본딧말을 찾아 쓰는 것이 되레 성가실 것 같기도 하다. 또 이건 마땅히 바꿔 쓸 만한 우리말이 없는 경우이기도 하다. 이런 건 그냥 그대로 쓰는 수밖에 없겠지. 하지만 다음과 같은 경우는 어떨까. 이를테면 '아이씨(IC)' 같은 건 '나들목'으로 얼마든지 바꿔 쓸 수 있지 않겠나. '엠티(MT)'를 '모꼬지'로, '오티(OT)'를 '예비교육'으로, '에스에프(SF)'를 '공상과학'으로 쓰는 일도 그다지 어려워 보이지 않는다.

　어떤 말은 들온말이라도 줄이지 말고 본딧말을 그대로 쓰는 게 낫겠다 싶은 것도 있다. 이를테면 개인용컴퓨터를 가리키는 '피씨(PC)'는 그냥 '컴퓨터'라 해서 안 될 까닭이 없어 보이고, '시지(CG)'는 '컴퓨터그림' 또는 '컴퓨터그래픽'이라고 본딧말을 살려 쓰는 게 더 알아듣기 쉬울 것 같다. 그런가 하면 일본에서 들어온, 억지로 만든 영어 머리글자는 듣기에 거북스러운 것도 있는데, 예컨대 '에이에스(AS)'는 '애프터서비스'라는 일본식 영어를 다시 머리글자만 따서 줄인 것이다. 이건 그냥 '사후 봉사'라고 해도 좋겠지만 '뒷수쇄'라는 감칠맛 나는 우리말을 써도 괜찮을 듯하다. '디시(DC)'도 '디스카운트'라는 영어를 머리글자만 따서 줄인 억지스러운 말인데, 왜 '에누리'라는 좋은 우리말을 두고 이런 멋대가리 없는 말을 쓰는지 도무지 모를 일이다.

외국말에 스며든 돈 냄새
자본주의 사회의 외국말

비위가 약해서 그런지는 모르지만, 요새 텔레비전 광고를 보면 속이 거북해질 때가 많더라. 때로는 속이 울렁거릴 만큼 역겨울 때도 있던데, 혹시 나만 그런가?

그중 심한 것이 비싼 자동차 광고와 고급 아파트 광고다. 자동차가 탈것이 아니라 무슨 고귀한 신분 상징이라도 되는 듯이 무게를 잡는 건 그렇다 치자. 예쁘고 잘생긴 배우가 나와서 고급 아파트만이 행복을 보장해 주는 것처럼 거짓 웃음을 짓는 것도 대충 견딜 수 있다. 하지만 괴상한 외국말 이름을 느끼하게 주워섬기면서 어설픈 남의 나라 귀족 흉내를 내는 것은, 참말이지 봐 주기 힘들더라.

보기 싫으면 안 보면 그만이지, 왜 남이 애써 만든 광고를 가지고 트집을 잡느냐고 너무 야단치지 말기 바란다. 여기서 말하고 싶은 것은, 광고가 좋으니 나쁘니 시비 걸자는 것이 아니다. 오늘날 자본은 왜 외국말과 남의 것을 그토록 좋아하는지 궁금해서 그러는 것이다. 외국말에 스며든 돈 냄새의 정체를 한번 밝혀 보고 싶을 뿐이다.

잘 알다시피 돈은 권력을 좇는다. 돈은 언제나 힘이 있는 곳으로 몰려들게 마련이다. 양심을 지키는 자본이야 그렇지 않겠지만, 부도덕한 자본은 반드시 그렇다. 우리나라의 경우 힘은 언제나 바깥 나라에서 왔다. 에둘러 말할 것도 없이 옛날에는 중국이었고, 한때는 일본이었으며, 오늘날은 미국이다. 돈과 힘을 숭배하는 사람들은 그때그때 가장 힘센 외세에 빌붙어 자기 힘을 키우고 배를 불려 왔다. 그리고 바로 그렇게 하는 데 외국말을 앞세웠다. 왜 옛날에는 한자말이, 한때는 일본말이, 오늘날엔 미국말이 판을 치는지 알 수 있는 대목이다.

옛날 일부 부자나 권력자들은, 자기들이 가난한 백성들과 다르다는 것을 보여 주려고 외국말을 써먹었다. 백성들이 배우자를 '아내, 사내'라는 토박이말로 부를 때 자기네들은 '부인, 대감'이라는 중국말을 끌어다 썼다. 백성들이 국산 '삼베 모시' 옷을 입을 때 자기네들은 중국산 '비단 공단' 옷을 입었다. 백성들이 '이웃 마을 김 서방'을 애깃거리로 삼을 때 자기네들은 '초패왕 항우'를 화제로 삼았다. 그래서 끝내 토박이말을 천덕꾸러기말로, 중국말을 고상한 말로 만들어 버렸다. 여기서 중국을 일본이나 미국으로 바꾸어도 달라질 것은 없다.

오늘날 자본은 모든 사람을 부자와 가난뱅이로 편 가른다. 자본의 눈에 '부'는 선이고 '가난'은 악이다. 대중은 자본이 만들어 낸 허상 앞에서 '무능한 가난뱅이'가 아니라 '능력 있는 부자'가 되기 위해 뼈를 깎는다. 이때 자본은 대중에게 부자에 대한 환상을 심어 주려고 끊임없이 외국말을 앞세운다. 이때 낯선 외국말은 '뭔가 있어 보이게' 속임수를 쓰는 장치다.

자본은 이렇게 말한다. '장미 아파트'는 서민들이 사는 '그냥 집'이지만, '타워팰리스'는 중산층 이상이 사는 '부의 상징'이라고. 물론 이 고급 아파트에는 '이탈리아산 대리석'과 '유럽식 발코니'가 있고 '영국 귀족의 품격'과 '노르웨이의 자연'이 있다. 그리고 영국 귀족의 품격은 몰라도 노르웨이의 자연은, 실제로는 없다. 있는 것은 매캐한 시멘트 냄새와 퀴퀴한 돈 냄새뿐이다.

자본이 만든 허깨비는 언제나 '외국스러운' 것을 좇는다. 낯선 서양 냄새가 더 많이 나는 말일수록 남의 나라 귀족이나 부자 흉내 내기에 좋기 때문이다. 이 과정이 되풀이되면서 외국말은 점점 '업그레이드' 되고 서양 냄새는 점점 짙어진다. 그러면 그동안 가난한 서민들은 어떻게 하느냐고? 그건 자본이 알 바 아니다. 그냥 '장미 아파트'에 눌러 살든지 거기에서도 쫓겨나 '무지개 임대 아파트'로 가든지……. 그이들은 돈이 없기 때문에 어차피 자본의 관심 밖이다. 자본은 어쩌면 가난뱅이들에게는 '촌스러운' 우리말 아파트가 더 어울린다고 여길지도 모른다.

이제 자본이 왜 그토록 외국말과 남의 것을 좋아하는지 알 것 같다. 외국말을 앞세워 서양 냄새를 많이 피우는 자본일수록 돈을 많이 버는 속내도 대충 짐작이 간다. 행세깨나 하는 '특권층'일수록 외국 것과 외국말을 좋아하는 듯한데, 여기에는 자기네가 가난한 서민들과 다르다는 걸 보여 주려는 허세 말고 다른 게 있을 것 같지 않다. 이를 두고 어찌 옛날 신분사회와 다르다고 할쏘냐.

자본이 너도나도 앞다투어 서양 냄새를 풍기려고 별별 짓을 다 하다 보니, 이제는 서민들이 쓰는 온갖 물건에까지 외국말이 파고들어 꼼짝도 못 하게 됐다. 그래서 이제는 외국말에도 등급이 생겼는데, 그 차례가 이러하다. 누구나 알아들을 수 있는 '쉬운 외국말'은 '서민용'이다. 뜻도 알아내기 힘들고 국적도 모르고 소리내기도 까다로운, 그래서 '시어머니가 못 외울' 만큼 알쏭달쏭한 외국말쯤 돼야 '중산층용'이 될 수 있다. 어렵고 낯설수록 신비로운 까닭이다. 그럼 '상류층용'은 뭐냐고? 이건 아직 알려진 바 없다. 너무나 신비해서 '베일에 가려' 있기 때문이다.

지금까지 조금 비아냥대는 투로 말하긴 했지만, 이건 조금도 부풀린 이야기가 아니다. 오히려 우리가 모르는 기막힌 일이 더 있을지도 모른다. 그래서 하는 말인데, 우리 같은 가난뱅이가 뭘 할 수 있겠는가. 그저 자본의 역겨운 서양 귀족 흉내에 코웃음 한번 치는 것 말고는. 그런데 사실은 이 '코웃음 한번'이 생각보다 힘이 클 수 있다. 가랑비에 옷 젖는다고, 가난뱅이 힘도 여럿 모이면 부자 호주머니 하나쯤 당할 수 있을지 누가 아나. 가난뱅이들이 모두 코웃음으로 대꾸하면, 자본도 권력도 외국말로 눈가림하는 속임수를 더는 못 쓸지 모른다.

말이야 바른말이지, 그깟 말 한마디 아무렇게나 쓰면 어떤가. 일본말을 한 마디 하든 서양말을 두 마디 하든, 그게 무어 대수란 말인가. 정말 중요한 것은 말 한마디가 아니라 우리 마음이다. 서양말을 앞세워 우리 넋을 빼고, 우리 위에 올라앉아 큰소리치면서 우리 호주머니까지 노리는 권력과 자본의 얄팍한 속임수에 넘어가지 않으면 그만이다.

가난은 비록 불편하긴 해도, 떳떳하게 살고자 하는 이의 자존심까지 무너뜨리지는 못한다.

정겨운 말, 귀에 선 말

북녘 말의 이모저모

몇 해 전 식구들과 다른 나라에 여행 갔을 때 일이다. 숙소 승강기 안에서 북녘 사람 둘을 만났다. 옷깃에 보람(배지)을 달고 있어서 대번에 알아봤다. 한 사람은 운동복 입은 젊은이였고 한 사람은 양복 입은 중늙은이였다. 젊은이는 중늙은이를 '단장동지'라고 불렀다. 내가 물었다.

"북쪽에서 오신 운동선순가 봐요?"

"예, 그렇습니다."

젊은이는 스스럼없이 대답했고, 중늙은이는 표정 없이 가만히 있었다.

"무슨 운동선수?"

"권투숩니다."

이번에도 대답하는 쪽은 젊은이다. 북녘에선 권투 선수를 '권투수'라고 하나 보다.

"시합은 언제 해요?"

"내일 붙습니다."

'붙는다'는 말이 정겹고 익숙해서일까, 아니면 사람이 주먹싸움 선수답지 않게 여리고 앳돼 보여서일까, 마치 이웃집 총각처럼 친근하게 느껴져 헤어질 때 덕담 한마디 더 건넸다.

"꼭 이기세요."

"고맙습니다."

대답은 어김없이 젊은이 쪽에서 나왔다. '단장동지'는 끝내 말 한마디 없다. 승강기를 나오며 흘깃 돌아보니, 그렇게 봐서 그런지 단장동지 얼굴이 돌덩이처럼 굳었다. 슬그머니 걱정도 된다. 저 젊은이, 철없이 아무하고나 얘기했다고 단장동지한테 혼나면 어쩌지? 앗, 그러고 보니 나도 이러다가 '국가보안법상 통신회합죄'에 걸리지 않으려나?

무슨 대단한 얘깃거리라도 되는 양 수다를 떨었다마는, 같은 말을 하는 사람끼리 만나 얘기 나눈 걸 두고 무슨 일이 났다 하랴. 그건 마치 밥 먹는 것이나 숨 쉬는 것처럼 아무것도 아닌 게다. 서로 다른 말 쓰는 사람끼리도 말만 잘 하지 않더냐.

그래서 북녘 말을 두고도 이러니저러니 입방아 찧을 일은 아니다마는, 헤어져 산 지 오래다 보니 양쪽 말이 어지간히 달라진 건 틀림없다. 그쪽엔 무엇보다도 토박이말이 많다. 옛말이 남아 있기도 하고 새말이 생기기도 했다. 새말은 대개 들온말 대신 쓴다.

이를테면 '스커트'는 '양복치마'다. '재킷'은 '덧저고리'인데 남쪽 말과는 쓰임이 조금 다르다. '원피스'는 '달린옷'이라고 한다. 남쪽에서 다듬은 말은 '통옷'이다. '캐러멜'은 '기름사탕'이고 '셀로판종이'는 '빨락종이'다. 셀로판종이를 문지르면 '빨락빨락' 소리가 나니 꽤 그럴싸하고 재미있는 말이다.

'액세서리'는 '치레거리'요 '드라이클리닝'은 '마른빨래'다. '커튼'은 '창가림'이라 하고 '도넛'은 '가락지빵'이라 한다. 듣고 보니 너무 쉬운 말이어서 오히려 싱겁다. '슬리퍼'를 '끌신', '노크'를 '손기척'이라 한다는 건 널리 알려져 있다. '로열젤리'를 '왕벌젖', '클로즈업'을 '큰보임새', '껌'을 '약송진'이라 하는 건 조금 억지스러워 보일 수도 있겠다.

한자말 대신 토박이말을 쓰는 것도 많은데, 이를테면 '가발'은 '덧머리'이고 '집중호우'는 '무더기비'다. '관목'은 '떨기나무', '교목'은 '큰키나무'라 하는데 이런 건 남쪽에서도 표준어로 사전에 올라 있는 말이다. '견인차'를 '끌차'라 하는 것도 마찬가지다. '준설'은

'바닥파기'이고 '계절풍'은 '철바람'인데, 다 쉬운 말이고 말맛도 좋다. '제초제'를 '약비'라 하는 것도 재미있다. 제초제를 물에 타서 뿌리면 마치 비가 내리는 것처럼 보이니 말이다. '냉차'를 '찬단물'이라 하는 건 어떨지 모르겠다.

토박이말은 더구나 운동경기 말에 아주 많다. '플레이메이커'는 '기둥선수'다. '코너킥'은 '구석차기'요 '프리킥'은 '벌차기'다. '골키퍼'는 '문지기'이고, '헤딩'은 '머리받기'다. 언젠가 축구경기 중계하는 사람들이 이 얘기를 하면서 낄낄 웃던데, 이건 웃을 일이 아니다. '크로스바'는 '가름대', '네트오버'는 '그물넘기', '네트터치'는 '그물다치기'인데 다 고개를 끄덕일 법한 말이다. 야구에서 '투수'를 '넣는사람', '포수'를 '받는사람'이라고 하는 건 "글쎄, 그렇게까지?" 하는 생각도 든다.

남쪽에서는 토박이말을 한국어 또는 '우리말'이라고 한다. 우리말 이름이 '우리말'이라니 어색하기도 하지만 이게 다 나라가 갈라져서 생긴 일이다. 북쪽에서는 '조선말'이라고 하고 외국 동포들은 '고려말'이라고도 하니, 어쨌든 모두를 아우르려면 그런 두루뭉수리 말을 쓰지 않을 도리가 없다.

함께 쓰기로 정한 말을 남쪽에서는 '표준어'라 하고 북쪽에서는 '문화어'라고 한다. 그런데 그 뜻풀이를 보면 뭔가 '정치색'이 배어 있는 듯하여 조금 씁쓸하다. 표준어는 '교양인들이 두루 쓰는 현대 서울말'로, 문화어는 '로동계급의 지향과 생활감정에 맞는 평양말'로 뜻풀이가 돼 있다. 이 말을 뒤집어 보면 사투리 쓰는 사람은 교양이 없거나(표준어), 노동계급이 아니라는(문화어) 얘기 아니냐?

그러고 보니 생각나는 일이 한 가지 더 있다. 이 일도 다른 나라에 갔다가 겪은 건데, 관광지에서 배를 탔더니 여러 나라 말로 안내방송이 나오더라. 우리말도 나오기에 귀 기울여 들어 보니 북녘 억양이었다. 다른 말은 다 알아듣겠는데 '농장'이라는 말이 알쏭달쏭했다. 이를테면 "오른쪽에 보이는 농장은 아무 해에 아무개가 와서 만들었다."고 하는데, 아무리 봐도 농장이라 할 만한 것은 없고 그저 집 몇 채가 서 있을 뿐이었다. 짐작하건대 북녘에서는 마을을 일러 농장이라 하는 것 같았다. 이런 말은 아무래도 귀에 설다.

귀에 선 말은 그뿐이 아니다. '로동개미(일개미), 닭공장(양계장), 밥공장(급식소)' 같은 말도 어색한 느낌이 들뿐 썩 그럴듯하지는 않다. 뭐, 내 귀에 어색하게 들린다고 좋지 않은 말이라 할 순 없지만 어쨌든 그렇다. 남쪽 말과 뜻이 크게 달라진 말도 많은데, 이를테면 '세포'는 조직의 바탕을 이루는 사람 하나하나를 가리킨다. '원쑤'는 원수진 사람이요 '충신'은 '당성'이 강한 사람이다. 특정 지도자를 신처럼 떠받드는 데 쓰는 '교시, 어버이, 장군, 샛별, 태양' 같은 말도 마찬가지로, 이런 건 말하자면 정치체제 때문에 생긴 말의 비틀림 현상이라 할 만하다.

남녘 말과 북녘 말이 달라도 좋다면 그건 사투리 차이쯤이겠다. 강원도 말과 충청도 말이 다르듯, 딱 그만큼 다르다면 무슨 걱정이랴. 하지만 그보다 더 멀어진다면 문제다. 서로 말을 못 알아듣는 지경에 이르기 전에 무슨 수를 내야 한다. 언젠가는 함께 살아야 할 사람들이기에 그렇다. 차이를 좁히려면 먼저 상대 말을 이해하는 일이 중요하다.

서로 좋은 점을 받아들이고 고칠 것은 고쳐서 조금씩 말을 다듬어 나갔으면 좋겠다. 분별없는 외국말 쓰기를 삼가고 함부로 말뜻을 바꾸지 않는 일도 필요하겠지. 남북이 함께 쓰는 말을 마련하는 일도 바쁘게 됐다. 이 일은 일찍이 양쪽 학자들이 모임을 꾸려 그 첫걸음을 내디딘 바 있는데, 그 뒤로 남북관계가 얼어붙으면서 흐지부지됐다. 앞으로 남북 사이가 다시 좋아져서 이 일도 좋은 열매를 맺으면 좋겠다.

이런 말 저런 말

마음이 편안해지는 말

토박이말 이름

살다 보면 많은 이름을 듣는다. 사람 이름은 말할 것도 없고 동네 이름, 가게 이름, 물건 이름을 셀 수 없이 많이 듣는다. 그런데 요새 새로 나온 이름일수록 '난해'한 것이 많다. 가게 이름이나 물건 이름 가운데는 아예 '해독 불가능'한 외국말도 많다. 그래서 쉽고 편한 우리말 찾는 일이 마치 하늘에 별 따기 만큼이나 어렵다.

새 아파트가 들어서면 집 안을 본보기로 보여 주는 '구경하는 집'이 생긴다. 구경하는 집이라, 참 예쁘고 편안한 말이다. '모델하우스'나 '견본주택'도 '본보기집'이라고 하니 더 듣기에 좋다. 요새는 아파트 이름이 얼마나 어려운지 외우기는커녕 읽기에도 힘들 정도다. '시어머니 못 찾아오게 하려고' 아파트 이름을 어렵게 짓는다는 우스개까지 나오는 판국이다. 내가 사는 아파트 이름이 '블루빌타운'인데, 이 때문에 남에게 주소를 가르쳐 줄 때마다 '스트레스'를 받는다. 이웃에는 '푸른마을'도 있고 '산새마을'도 있다. 이름 때문에라도 그쪽으로 이사 가고 싶어진다.

얼마 전에 길을 가다가 옷가게 문에 '철 지난 옷 싸게 팝니다'는 글을 써 붙여 놓은 걸 봤다. 너무 반가워서 여러 번 되풀이 읽어 보았다. 다리 아픈 것도 잠깐 잊고. 그런데 가만히 생각해 보니 그게 뭐 그렇게 대단한 글은 아니다. '철 지난 옷 싸게 팝니다'쯤은 누구든지 할 수 있는 말이고 누구든지 쓸 수 있는 글 아닌가. 이 예사로운 글이 예사롭지 않게 보인 까닭은, 워낙 '이월상품 염가대방출, 바겐세일' 같은 말이 흔해서 그렇다. 지금 당장 '홈쇼핑' 광고든 전단지든 무엇이든 살펴보자. 거기에 '저렴한 가격'은 있어도 '싼값'은 없을 것이다.

그러고 보니 우리말은 가난하고 힘없는 사람들만 쓰는 것 같다. 조그마한 동네 옷가게에서나 '철 지난 옷 싸게 팝니다' 하지, 큰 백화점에서는 결코 그렇게 말하지 않는다. 몇백 원, 몇천 원짜리 물건에나 우리말 이름이 붙어 있지, 몇백만 원, 몇천만 원 한다는 '명품'에 우리말 이름 붙어 있는 것 봤나? 지금도 '아름다운 가게'에는 헌옷을 거저 내놓는 사람들이 넘치고, '벼룩시장'에서는 쓰던 물건이 놀랄 만큼 싼값에 팔린다. 가난하지만 알뜰살뜰 아끼며 정답게 살아가는 착한 사람들이 우리말을 사랑한다는 증거다.

나는 들고 다니는 전화기를 '손전화'라고 하는데, 아직 그 말을 못 알아듣는 사람은 보지 못했다. '휴대전화'나 '핸드폰'보다 말하기도 좋고 듣기에도 좋지 않나? 손전화가 처음 나올 때는 '주머니 전화'라는 말도 더러 쓰였는데, 너무 길어서 그런지 요새는 듣기 힘들다. 그러고 보니 오래전에 많이들 가지고 다니던 '삐삐'는 참 재미있고 예쁜 이름이란 생각이 든다. 나 같으면 삐삐를 두고 굳이 '호출기'라고 하는 사람하고는 동무하지 않겠다.

자동차가 많아지면서 길에 얽힌 말도 많아졌다. '나들목'은 요새 들어 '인터체인지'보다 더 널리 쓰여서 반갑다. 여러 번 듣다 보면 기분까지 좋아지는 말이다. 얼마 전에는 어떤 나들목에서 '돌아가는 길'이란 팻말을 보았는데 참 읽기에 편했다. 사실 돌아가는 길도 별난 말은 아닌데 '회차로'와 같은 팻말을 너무 자주 보다 보니 더 반가웠던 것 같다.

어떤 말이든 쓰는 사람이 많아지면 그게 바른 말이 되나 보다. 전에는 '사고다발지역'이라고 하던 것이 이제는 거의 '사고 잦은 곳'으로 바뀌었다. '노견'도 '갓길'이 되고부터 그곳으로 다니는 얌체들이 적어진 듯하다.

지방 사람들이 서울 갈 때 많이 타고 다니는 빠른 기차를 '케이

티엑스(KTX), 에스알티(SRT)'라고 한다. 둘 다 '고속철'이라고 해도 되지만, 그런 말은 잘 안 쓰는 것 같다. 그러고 보니 '무궁화호' 같은 우리말 기차는 빠른 기차에 밀려 영 힘을 못 쓴다. 예전엔 코스모스 핀 간이역마다 서는 '통일호'도 있었고, 시골 장꾼들을 실어 나르던 '비둘기호'도 있었는데 이제는 다 없어졌다. 세상이 빠른 것만 좇아 정신없이 내달으니 어쩔 수 없지.

그런데 아무리 보아도 '케이티엑스, 에스알티'는 정이 안 간다. 이름에 무슨 특별한 뜻이 있는 것도 아니고, 그렇다고 말맛이 예쁜 것도 아니다. 그냥 멋대가리 없는 로마글자를 늘어놓은 것뿐이다. 더 좋은 말을 만들 수는 없었나?

그래도 기차역에서 듣는 안내 방송은 참 듣기 좋다. "아홉 시 삼십 분에 서울로 가는 기차가 삼 번 타는 곳에 들어옵니다." 하니 얼마나 쉽고 편한가? 옛날에는 "아홉 시 삼십 분발 서울행 기차가 삼번 홈(플랫폼의 일본말)에 도착하고 있습니다." 해서 우리를 적잖이 헷갈리게 했지.

인터넷이 사람들 삶에 파고들면서 외국말이 더 기승을 부리지만, 그 소용돌이 속에서도 몇몇 예쁜 우리말이 힘겹게 살아서 버티는 걸 보면 눈물겹다. '누리꾼'은 '네티즌'과 어금버금하게 힘겨루기를 하는 것 같고, '누리집'도 '홈페이지'에 당당히 맞서고 있다. '댓

글'은 드디어 '리플'을 앞선 것 같고, '그림말'은 '이모티콘'에 밀려 나고 있지만 아직 깡그리 사라지지는 않았으니 다행이라면 다행이 다. '(자료) 올리기'와 '내려받기'는 '업로드'와 '다운로드' 대신 널리 쓰여서 반갑다. 컴퓨터가 처음 들어왔을 때는 '풀그림'이라는 말을 '프로그램' 대신 종종 썼는데 지금은 거의 쓰지 않아 아쉽다. '전자 우편'은 '이메일', 줄여서 '메일', 더 줄여서 '멜'이라고도 하나 본데, 그냥 '편지'라고 하면 헷갈릴까?

지하철을 타고 다니다 보면 가끔 예쁜 역 이름을 본다. '선바위, 장승배기, 돌곶이, 굽은다리, 까치울, 학여울, 솔샘, 한티'는 서울에 있고 '물만골, 지게골, 못골, 자갈치, 대티, 낫개'는 부산에 있으며, '큰고개, 반고개, 담티, 대실, 건들바위'는 대구에, '돌고개'는 광주에 있다. 앞으로 더 생길 지하철역에는 다 우리말 이름이 붙었으면 좋 겠다. 그런데 요새 생기는 역 이름 가운데는 읽기조차 어려운 뜻 모 를 외국말 이름도 더러 보여서 걱정이다.

얼마 전 나라에서 한 일 가운데 크게 손뼉을 쳐 주고 싶은 일이 있으니, 바로 길 이름으로 주소를 바꾼 것이다. 일제강점기에 만든 어렵고 멋없는 행정구역과 번지 대신에 길마다 새 이름을 붙여 주 소로 삼은 건데, 길 이름 가운데는 예쁘고 감칠맛 나는 것도 많다. 이를테면 우리 마을 동쪽 길은 '실타래길'이고 서쪽 길은 '큰못길'

이다. 실타래길에는 지금도 실 공장이 있고, 큰못길에는 옛날에 큰 못이 있었다고 하니 그럴듯하지 않은가.

　우리말은 다 예쁘고 정답고 편안한 느낌이 드는데, 그것은 우리 말이 본디 아름다워서 그런 걸까, 아니면 우리말을 쓰는 사람들이 다 마음씨 착하고 고운 사람들이어서 그런 걸까. 둘 다이겠지만 굳 이 그중 하나를 고르라면, 나는 서슴없이 뒤쪽에 줄을 서겠다.

소통하는 말, 억압하는 말
세상에 있는 두 가지 말

옛이야기 한 자리 들어 보자.

옛날에 어떤 농사꾼이 길을 가다가 날이 저물어서 어느 큰 기와집에 들어가 하룻밤 재워 달랬겠다. 집주인은 글깨나 읽은 벼슬아치인데, 재워 달라는 사람 재워는 안 주고 종이에 한문글자 석 자를 쓱쓱 써서 눈앞에 들이미는구나.

"자, 읽어 보게나. 이게 다 무슨 잔가?"

들여다보나마나 뭐 흰 것은 종이요 검은 것은 글자지. 평생 땅만 파먹고 산 농사꾼이 한문글자를 알 턱이 있나. 입맛만 쩍쩍 다시고 있으니 벼슬아치 하는 말이,

"이건 '하늘 천' 자고 이건 '임금 군' 자고 이건 '아비 부' 잔데, 사람

이 하늘 임금 아비도 몰라봐서야 어찌 사람이라 하겠나. 우리 집에는 사람만 재우지, 사람도 아닌 것은 못 재우네."

이러면서 사람을 욕보이네그려.

농사꾼이 그 말을 듣고 벼슬아치한테 되물었것다.

"그럼 내가 한번 물어보겠소이다. 빨갛고 예쁘고 말랑말랑한 자는 무슨 자요? 이웃집 개가 들락날락하는 자는 무슨 자요? 비 오는 날 도롱이 쓰고 논에 들어가는 자는 무슨 자요?"

"엥?"

벼슬아치가 그만 말문이 꽉 닫혀서 입만 실룩실룩하고 있으니 농사꾼이 심드렁하게 하는 말이,

"그래, 그걸 모른단 말이오? 빨갛고 예쁘고 말랑말랑한 자는 오미자요, 이웃집 개가 들락날락하는 자는 울바자요, 비 오는 날 도롱이 쓰고 논에 들어가는 자는 논임자요. 사람이 그런 것도 몰라서야 어디 사람이라 하겠소? 나는 사람 집에서나 자지, 사람도 아닌 것 집에서는 안 자오."

하고서는 제 갈 길로 가더라는 이야기.

세상에는 두 가지 말이 있다. 하나는 벼슬아치 말이요, 하나는 농사꾼 말이다. 벼슬아치 말은 일부러 품을 들여 배워야 하는 말로써,

배우기도 어렵고 쓰기도 어렵다. 배운 사람은 알지만 못 배운 사람은 모르는 말이며, 일상에서 입말로는 잘 쓰지 않고 격식을 갖춘 글을 쓸 때나 가끔 쓴다. 거의는 우리말이 아니라 한자말이나 서양말이고, 백성들보다는 남을 다스리는 사람, 남의 윗자리에 있는 사람들이 많이 쓴다. 즉 아는 사람, 배운 사람, 가진 사람, 힘센 사람들이 남을 억압하기 위해 즐겨 쓰는 말이 이것이다.

농사꾼 말은 일부러 배우지 않아도 삶 속에서 저절로 깨치게 되는 말이다. 배운 사람이건 못 배운 사람이건, 있는 사람이건 없는 사람이건 누구나 알아들을 수 있는 쉬운 말이다. 남의 윗자리에서 호령하는 말이 아니라 같은 자리에서 서로 소통하려고 주고받는 말이다. 누구보다도 아이들이 많이 쓰며 일하는 사람들이나 우리말을 처음 배우는 사람들, 그리고 할머니 할아버지들도 즐겨 쓴다.

이야기를 다시 들여다보자. 농사꾼이 한문글자를 모르는 건 당연한 일이다. 그건 결코 부끄러운 일이 아니다. 농사꾼이 벼슬아치 말을 듣고 잔뜩 주눅이 들어 "나는 하늘도 임금도 아비도 모르니 정말 사람도 아닌가 봐." 하고 숨을 곳을 찾았다면, 그 순간 그 마음은 벌써 남의 종이 되었을 것이다. 떳떳하게 "뭐가 어때서?"라고 말하면서 농사꾼은 비로소 자유인이 되었다.

벼슬아치는 자기만 아는 글자를 농사꾼이 모른다고 해서 서슴

없이 농사꾼을 욕보였다. 이 세상 어느 누구도 남이 자기를 닮지 않았다고 모욕할 권리는 없다. 그 야만스러움에 맞서기 위해 농사꾼은 자기 말을 내놓았다. 하지만 따지고 보면 그 말은 농사꾼의 것만은 아니다. 농사꾼이 내놓은 '오미자, 울바자, 논임자'는 따지자면 벼슬아치의 횡포에 맞선 앙갚음의 말이라고 할 수 있지만, 그렇다고 해서 이 둘을 피장파장이라고 할 수는 없다는 얘기다.

애당초 어려운 한문글자는 농사꾼이 모르는 것이었다. 돈 없고 지체 낮은 사람에게는 배울 기회조차 없었으므로, 이를 왜 모르느냐고 나무라는 건 온당치 않다. 하지만 오미자, 울바자, 논임자 같은 말은 누구나 아는 말이다. 벼슬아치 같은 사람이 편견에 갇혀 그런 말을 쓰지 않아서 그렇지, 처음부터 배우지 못해 모르는 말은 아니라는 것이다. 그래서 농사꾼 수수께끼는 벼슬아치 것보다 공정했다.

벼슬아치 말은 종종 사람들에게 큰 짐이 되기도 한다. 이를테면 아이들은 태어나서 자라는 동안 자연스럽게 삶 속에서 '틀리다'와 '고치다'라는 말을 익혀 쓴다. "틀린 것 고쳐 주세요."와 같이. 그런데 학교에 들어가 공부를 하다 보면 똑같은 뜻을 가진 '오류'와 '수정'이라는 낱말을 새로 배운다. "오류를 수정하라."와 같이. 이런 말은 일상에서 입말로는 거의 쓰지 않는데, 시험을 치르거나 논문을 쓸 때는 필요하게 되므로 버릴 수도 없다. 그리고 이런 말을 잘 알아듣지 못하면 무식하다고 깔보일 수도 있기 때문에 어쨌든 알아 두어야 한다. '미루다'를 익히고 나서 '유예'라는 말을 배우고, 또 '모라토리움'이라는 말을 겹으로 배워야 하는 것도 보기로 들수 있겠다.

벼슬아치 말과 농사꾼 말은 그 노리는 바와 느낌도 아주 달라서 어떤 말을 쓰느냐에 따라 소통과 억압, 타이름과 윽박지름이 뚜렷이 갈린다. '들어가지 마세요'는 그냥 알리고 타이르는 말 같지만, '출입금지'는 왠지 눈을 부라리며 윽박지른다는 느낌이 든다. '시끄럽게 굴면 안 돼요'라는 말을 들으면 그냥 '알았어요' 하고 대답할 만하지만, '소란행위 엄단'이라는 말 앞에서는 공연히 얼굴이 굳고 어깨가 움츠려진다.

듣는 사람 처지에서는 존중과 복종, 알아들음과 뜬금없음으로 가를 수도 있는데, 이를테면 '함께해요'라는 말속에는 존중과 권유의 뜻이, '동참하라'는 말속에는 복종과 강요의 뜻이 들어 있음 직하다. '생각을 바꿔 봐요'라고 하면 아무렇지도 않은데 '사고의 패러다임을 전환하라'고 하면 뜬금없어 멍해지는 것도 같은 이치다.

내가 초등학교에 갓 들어갔을 때, 어떤 덩치 큰 남자 선생님이 조무래기들 앞에서 우렁찬 목소리로 "주목!" 하고 소리쳤다. 그런 말을 들어 봤을 리 없는 우리는 화들짝 놀라서 두 주먹을 꼭 쥐었다. 선생님은 그런 우리를 보고 쓴웃음을 지었지만, 그 뒤로도 그 아리송한 구령을 "자, 여길 보렴."으로 고치지는 않았다. 교장 선생님은 조회 때마다 우리를 보고 엄숙한 목소리로 "제군들!"이라고 말했다. 우리는 그게 무슨 뜻인지 알지 못했다. 그 선생님들은 그렇게 함으로써 학생들이 자기를 더 잘 따를 것이라 믿었던 것일까.

말을 억압의 도구로 쓰는 사람들은 상대방이 자기 말을 알아듣는지 마는지에 대해서는 별로 관심이 없다. 그보다는 자기 말이 얼마나 권위 있고, 그래서 듣는 사람을 얼마나 기죽일 수 있는지를 더 중요하게 여긴다. 그래서 될 수 있는 대로 어려운 말, 딱딱한 말, 엄격한 말을 즐겨 쓴다. 그런 말이 거의 토박이말이 아니라 한자말과 미국말을 비롯한 들온말임은 두말할 나위도 없다.

굳게 믿거니와, 벼슬아치 말이 농사꾼 말을 깔볼 수는 있어도 그것을 아주 금 밖으로 내몰지는 못할 것이다. 농사꾼 스스로 종 되기를 거부하고 자유인으로 남고자 하는 한은.

군대 말은 군대로 돌려보내자

병영사회의 서슬 퍼런 말

오래전 시골 학교에서 본 일이다. 어떤 선생님 말버릇 중에 '응분의 대가 지불'이라는 것이 있었다. 이를테면 조회시간 때 마이크를 잡고 이렇게 말하는 것이다.

"복도에서는 절대로 달리지 마십시오. 복도에서 달리다가 걸리면 응분의 대가를 지불하겠습니다."

아이들은 처음에 어리둥절해하다가, 나중에는 대강 말뜻을 알아듣는 것 같았다. 분명하게는 모르지만 아무튼 '혼낸다'는 뜻이란 것쯤은 알아차리더라는 얘기다. 그런데 이게 사실 군대 말이다. 군대에서 조교들이 병사들을 겁줄 때 이런 말을 즐겨 쓴다.

또 다른 학교에서는 어떤 선생님이 아이들에게 뭘 시킬 때 꼭 끝말을 '-다'로 못박는 것도 보았다. 이를테면, 여느 선생님 같으면

"운동장 두 바퀴 돌아라." 할 것을 반드시 "운동장 두 바퀴 돈다!" 했다. 아이들이 머뭇거리기라도 하면 곧바로 "실시!"라는 구령이 뒤따라 나오게 마련이었다. 이것도 다 군대 말이다.

내친김에 며칠 전 우리 아파트 마당에서 본 것도 하나 말해야겠다. 어떤 아버지가 꾸물거리는 아들 등 뒤에 대고 이렇게 소리치더라. "동작 좀 봐라!" 눈치챘겠지만 이것도 군대 말이다.

그러고 보니 학교에서나 집에서 아이들이 자주 듣는 말 중에 군대 말이 참 많다는 걸 알겠다. 학교 교실에서 반장이 큰 소리로 외치는 '차렷'이나 '경례'도 군대 말이다. 군대 말은 군대 말이되 우리 군대 말이 아니라 일본군대 말이다. 일제강점기 일본군대 구령 '기오스께(정신 차렷!)'를 학교에서도 그대로 썼는데, 해방 뒤에 우리말로 옮긴 것이 바로 차렷이다. '정신 차렷'이 너무 기니까 앞을 잘라 내고 그냥 차렷이라고 한 것이다.

학교나 회사에서 쓰는 말 가운데 '조'라는 것이 있다. 요즘은 '모둠'으로 많이들 바꿔 쓰는 것 같지만, 이런 말도 옛날 일본군대에서 쓰던 말이다. 말이 나온 김에 하는 말이지만, 운동회 때 청군 백군으로 갈라 '편싸움'을 시키는 것도 일제 군사교육 찌꺼기다.

요즈음에도 학교에서 흔히 쓰고 있는 '주번'이나 '당번'도 군대 말을 본뜬 것이다. '훈육'이나 '훈화'도 다 옛날 일본군대에서 쓰던 말이다. 점심시간에 먹다 남은 음식찌꺼기를 '잔반'이라고 하는 것도 군대 말인데, 이것이 바뀌어 '짬밥' 또는 '짬빵'이 되기도 한다. 이것이 잔반이 아니라 '짠밥(소금을 친 주먹밥)'에서 나온 말이라고, 제법 그럴듯한 말밑을 밝히는 이들도 있긴 하다.

이쯤 말하면, 그런 것쯤 무에 문제가 되느냐고 도로 묻는 분도 있을 법하다. 사실 군대 말 좀 한다고 당장 큰일 날 것은 없다. 또 어떤 말은 당장 바꿔 쓸 마땅한 말이 없기도 하다. 하지만 가랑비에 옷 젖는다고, 알게 모르게 삶 속에서 쓰는 군대 말은 우리를 군인으로 만들고 우리 사회를 병영화할 위험이 있다.

군대 말 특징은 이렇다. 첫째, 짧고 단순하다. 그러다 보니 저절로 딱딱하고 딱 부러지는 느낌이 든다. 둘째, 대개 한자말이다. 그 가운데서도 일본식 한자말 또는 억지 한자말이 많다. '모포, 구보, 수입(손질), 기합(얼차려), 세면, 사역, 포복, 첨병, 점호, 군장, 사열, 보행, 불침번, 각개전투, 시건장치, 복명복창, 등화관제, 관등성명' 같은 것은 민간인들도 흔히 쓰는 일본식 군대 말이다. '취침, 기상, 전진, 후퇴, 은폐, 엄폐, 엄호, 취사, 열외, 고참, 본부' 같은 말도 신문방송에 자주 오르내린다. 셋째, 속어가 많고 그 가운데는 본디 뜻과 다르게 쓰는 말도 있다. 이를테면 '요령'은 꾀부린다는 뜻이고, '빠졌다'는 기강이 풀어졌다는 뜻이다. '고문관'은 어리바리한 병사를 가리키고 '집합'은 벌을 주려고 병사들을 불러 모으는 것을 말한다. '조인트 까다, 짱박히다, 갈구다' 같은 속어도 있다.

군대 말은 매우 사납기 때문에 강렬한 인상을 준다. 그래서 그런지는 모르지만, 신문이나 방송에서는 하루라도 군대 말을 안 쓰는 날이 없을 정도다. 축구경기를 할 때는 하도 거친 군대 말을 많이 써서, 과연 축구가 운동경기인지 전쟁인지 헷갈릴 때도 있다. '태극전사'나 '○○전(스페인전, 독일전)' 같은 말은 아예 두루이름씨(보통명사)가 된 느낌이고, 전략, 전술, 작전, 전투, 지원사격, 야전사령관 같은 말이 진행자나 해설자 입에 예사로 오르내린다.

축구경기뿐 아니다. 우리 삶 속에 파고든 군대 말은 셀 수 없을 만큼 많다. '전략'이라는 말도 '마케팅 전략, 투자 전략, 선거 전략, 경영 전략, 광고 전략, 입시 전략'처럼 쓰이고, 학교에서조차 '수업 전략, 교육 전략' 같은 말이 아무렇지도 않게 나온다. 집에서는 어떠냐고? '가계 전략, 저축 전략'이라는 말도 있지 않나.

'전술'이라는 말도 마찬가지다. '마케팅 전술, 협상 전술, 판매 전술'은 보통이고 '벼랑 끝 전술, 위장 전술, 배짱 전술'도 낯설지 않다. 운동경기에는 '투톱 전술, 공격 전술, 수비 전술'이 흔하고, 심지어 연인 사이에 '밀당 전술'이나 부모 자식 사이에 '무관심 전술'도 말이 되는 형편이다.

'작전'은 어떤가. '버티기 작전, 눈치 작전, 맞불 작전, 물귀신 작전, 지연 작전, 영입 작전' 따위가 두루 쓰이고, 더러 '노총각 구혼 작전, 독거노인 집 꾸미기 작전, 시원한 여름나기 작전' 같은 말도 눈에 띈다. 개 발에 편자처럼 어울리지 않는 말이지만, 하도 많이 쓰다 보니 작전이 본디 군대 말이라는 사실조차 잊어버릴 지경이다.

'각개전투'나 '지원사격' 같은 군대 말도 심심찮게 쓴다. "그동안 여러 복지단체들이 각개전투하던 사회복지 사업을 네트워크화할 계획입니다." "이 연극은 비록 성인 관객들의 외면을 받았지만, 어린 관객들의 열렬한 지원사격 덕분에 흥행에는 크게 성공했다." 같은 말이 보기가 된다. 복지단체 또는 어린이들이, 그것도 좋은 일하는데 꼭 전투를 하고 사격을 해야 하나 싶지만, 실제로 이런 말을 쓰는 이들은 크게 거부감을 느끼지 않는 듯하다.

'실탄'은 군인들도 함부로 다루지 않는 위험한 물건이다. 그런데 "그 사업을 추진할 만한 실탄이 부족한 상황이다." "주말 집중유세와 각당 지원사격 등으로 남은 실탄을 쏟아부을 계획이다." 같은 신문기사를 보면 그리 위험하지 않아 보인다. 돈을 실탄에 견주는 건 자본주의 사회가 전쟁터라는 걸 말해 주는 것 같아 적잖이 씁쓸하다.

여기까지는, 좀 께름칙한 대로 애교로 봐줄 만하다. 하지만 '확인

사살'에 이르면 정말로 섬뜩해진다. "확인사살 하는 차원에서 말하는데, 오후 행사에 가는 차편은 기름값이 떨어져서 없습니다." "한톨도 빠트리지 않고 확인사살까지 하며 맛나게 먹어 치웠지요." 이쯤 되면 정말로 아이들 들을까 겁난다. 왜 우리말이 이렇게까지 살벌해졌나?

군대 말에는 의문과 비판의 자리가 없다. 말 그대로 '하라면 하는' 것이다. 군인들에게는 이런 '칼 같은' 말이 필요할지 모르지만(나는 군인들에게도 이런 말은 해롭다고 믿는다) 보통 사람들에게, 더구나 아이들에게 이런 말을 가르치는 건 온당치 않다.

어른들 사이에 군대 말이 너무 널리 퍼져서 어쩔 수 없다면, 아이들만이라도 그런 말과 문화에 젖지 않도록 해 주자. 아이들은 명령하고 복종하는 것보다 생각하고 판단하는 데에 더 익숙해져야한다. '신속, 정확, 엄격'한 명령과 '이유 없는 복종' 속에서 창조의꽃이 필 수는 없다.

집에서나 학교에서 어른들이 무심코 내뱉는 "빨리빨리 못해?""이유 달지 마." "하라면 하는 거지 말이 많다." 같은 것이 다 군대말을 닮은 것이다. 이제 군대 말은 군대로 돌려보내자.

시상식에 가서 호명된다고?

말글세상에서 약자들은 서럽다

한때 지하철역에서 안내방송을 이렇게 한 적이 있었다.

"지금 열차가 들어오고 있습니다. 안전선 밖으로 한 걸음 물러나
주십시오."

그러자 방송을 들은 사람들이 따졌다.

"아니, 안전선 밖으로라니요? 그럼 우리더러 모두 찻길에 뛰어
들란 말인가요?"

그래서 '안전선에서'라고 말을 바꾸었다더라.

왜 이런 일이 일어났을까? 말을 할 때 '자기 중심'으로 했기 때문
이다. 차를 운행하는 쪽에서 보면 안전선 '밖'이 안전한 곳이다. 하
지만 차를 타는 사람들 눈에는 안전선 '안'이 안전하다. '안전선에
서'라는 말은 이도 저도 아닌 두루뭉수리 말이지만, 덕분에 어느 쪽

에서 들어도 헛갈리진 않게 됐다.

고속도로 나들목 '표 받는 곳'에도 사연은 숨어 있다. 본디 이곳을 일러 '표 파는 곳'이라 했는데, 차를 타고 지나가는 사람들이 "그게 왜 표 파는 곳이냐? (우리가) 표 사는 곳이지." 해서 '표 사는 곳'으로 바뀌었다가 '통행료 후불제'가 되면서 지금처럼 바뀐 것이다. 이름 짓는 쪽에서 지나다니는 사람들 형편을 헤아려 알기 쉽게 말을 바꿨으니 백번 잘한 일이다.

말은 어느 쪽 처지에서 하느냐에 따라 달라지는 수가 많다. 이를테면 어디를 찾아가려고 길그림(약도)을 찾다 보면 거기에 써 놓은 이름이 십중팔구 '찾아오는 길'이더라. 길그림을 그린 쪽, 그러니까 손님을 맞는 쪽에서 보면 '찾아오는' 게 맞다. 그런데 그걸 보는 손님들은 다 그곳을 '찾아가야'지, 찾아올 수는 없다. 물건을 사고팔 때 '좋은 값'이라는 말이 처지에 따라 달라지는 것도 같은 이치다. 즉 '좋은 값에 샀다'고 하면 싼값을, '좋은 값에 팔았다'고 하면 비싼 값을 뜻하는 것이다.

사람들이 살아가면서 말을 할 때 저절로 자기 처지에서 하는 것은 어쩔 수 없어 보인다. 말할 때마다 상대 처지를 헤아려 말하기는 실로 어렵고도 성가신 일이기 때문이다. 하지만 말하는 쪽은 한둘이고 듣는 쪽은 여럿이라면? 말하는 쪽은 관청이고 쓰는 쪽은 백성이라면? 말하는 쪽은 어른이고 듣는 쪽은 아이들이라면? 이때는 듣는 쪽 처지를 헤아려 말하는 것이 백번 옳다.

상을 주고받는 잔치를 가리켜 '시상식'이라고 하는데, 알다시피 '시상'이란 상을 준다는 뜻이다. 상을 받는 쪽에서 보면 '수상식'이라야 옳다. 상을 주는 쪽에서 식도 마련하고 이름도 짓다 보니 그렇게 됐겠지만, 어쩐지 말에서부터 권위가 묻어 나오는 듯하다. 게다가 실제로 시상식에 가 보면 그런 느낌은 더 뚜렷해진다. 상 주는 사람은 미리 '단상'에 앉거나 서 있고, 상 받는 사람은 '호명'되어야 그 위로 올라갈 수 있다. 호명이란 이름을 부른다는 뜻이니 이것도 주는 쪽 말이다.

더구나 시상을 마치면 상 준 사람이 '식사'라는 걸 하는데, 이게 밥 먹는 일이 아니라 인사말을 하는 것이다. 아무리 덕담이라지만 한없이 길게 이어지는 식사를 듣고 있다 보면 다리도 저리고 하품도 나온다. 이쯤 되면 상이고 뭐고 다 팽개치고 그만 집에 가고 싶어지거니와, 이게 다 처음부터 끝까지 상 주는 쪽(힘센 쪽, 가진 쪽) 중심으로 잔치가 돌아가면서 상 받는 쪽(약한 쪽, 못 가진 쪽)을 들러리로 삼다 보니 생기는 일이다.

여름철 어느 곳에 물난리라도 나면 높은 사람들이 앞다투어 찾아온다. 그런데 그걸 일러 '시찰'이라고 하더라. 형편을 살펴본다는 뜻인데, 덕분에 높은 사람들은 견문이 넓어졌을지 몰라도 주민들은 느닷없이 구경거리가 되고 말았다. 시찰을 당했으니 말이다. 게다가 그런 자리에서 높은 사람이 '금일봉'을 내놓으며 주민들을 '격려'한 다음 "수해 복구에 만전을 기하라."고 한마디 '훈시'라도 하고 나면 그 높은 사람은 대번에 화려한 주인공이 되어 신문에도 나오고 방송에도 나온다. 그럼 물난리 당한 백성들은 뭐냐고? 영락없는 들러리다.

가끔 높은 사람들 하는 말을 듣다 보면 그이들이 정말로 우리나라 사람인지 궁금해질 때도 있다. 몇 해 전에 '전시작전통제권'인가 뭔가 하는 걸 둘러싸고 말이 많은 적이 있지 않았나. 우리 군대 부리는 권한을 미국 쪽에 넘겼다가 다시 찾아오는 일 말이다. 한때는 미국이 돌려주려 하는 걸 애걸복걸하다시피 해서 억지로 몇 해 늦춰 놨다고 자랑도 하더라. 그때 몇몇 정치인들과 부자신문들이 입을 모아 하는 말이 '전시작전통제권 이양 연기'였다. '이양'이라고? 그건 넘겨준다는 뜻 아니냐? 우리가 남의 걸 가지고 있다가 넘겨주는 게 아니라, 우리 걸 남한테 맡겨 놨다가 돌려받는 건데 그걸 '이양'이라고 하다니 이 사람들이 제정신인가? 하지만 그건 놀랄 일이 아니다. 그 사람들이 아주 뼛속까지 미국 편이 돼서 미국사람처럼 생각하고 말한다는 걸 알고 나면 말이다.

하긴 이쯤은 아직 약과일지 모른다. 미국을 제집 드나들듯 하는 특권층 가운데는 아예 '미국 들어간다'와 '한국에 나온다'를 입에 달고 사는 이들도 있다. (그 사람들은 꼭 우리나라를 우리나라라고 하지 않고 한국이라고 하더라.) 그렇게 말하는 사람들은 정말로 미국을 제 나라로 여기고 있지나 않은지 모르겠다. 높은 사람들이 걸핏하면 우리나라를 가리켜 '변방'이라고 하는 것도 마찬가지다. 미국 쪽에서 보면 우리나라는 변두리 구석진 곳에 처박힌 나라임에 틀림없다. 그 사람들 덕분에 우리는 하루아침에 변방국 삼등국민이 되어서 슬프긴 하지만.

하지만 뭐니 뭐니 해도 말글세상에서 가장 큰 설움을 받는 이들은 아이들이다. 우리 아이들이 늘 자기를 얕보는 말을 들으면서 자란다는 건 슬픈 일이다. 무슨 말이냐고? 어른들은 아무 생각 없이 이렇게 말한다. "쪼그만 게 뭘 알아?" 하지만 이 세상 어떤 아이도 자신을 '쪼그맣다'고 여기진 않는다. "넌 아직 어려서 그런 건 몰라도 돼. 크면 다 알게 될 테니." 이 또한 대답이 궁한 어른들이 자주 써먹는 말이지만 아이들에게는 독이 될 수도 있다. 자기를 '아직 덜 된 사람'쯤으로 얕보는 말을 들으며 자라는 아이들이 과연 무엇을 자랑스럽게 여길 수 있을까?

나잇값, 사람값
나이에 얽힌 말

우리나라 사람만큼 나이 따지기 좋아하는 이들도 드물 것이다. 이건 여자들보다 남자들이 더한 것 같은데, 또래끼리 만나면 열 일 접고 나이부터 댄다. 그것으로 위아래 차례를 정하려고 그런다. "그런 줄 몰랐더니 나보다 한참 어리잖아. 막냇동생뻘이니 편하게 대할게." "아, 그러세요. 앞으로 형님으로 모시겠습니다." 이런 식이다.

서로 얼굴 붉히며 싸우다가 느닷없이 나이를 들먹이는 일도 종종 있다. "당신 나이 몇 살이야?" 이건 대개 말싸움에서 밀려 더는 할 말이 없을 때 내놓는 마지막 패이며, 이때 한참이나 어려 뵈는 상대도 순순히 나이를 가르쳐 주지는 않는다. 그 대신 "먹을 만큼 먹었다, 왜?" 하고 받아치게 마련인데, 머리에 피가 말랐느니 안 말랐느니 하는 거북한 말을 듣지 않으려면 어쨌든 나이 든 척을 해야 하니까 그렇다. 과연 나이는 힘이 세다.

어떤 나이를 두고 '불혹'이니 '지천명'이니 별명을 대는 일은 흔하다. 이를테면 '어느덧 불혹의 나이에 접어들었다'거나 '지천명의 나이에도 젊은이처럼 일한다'처럼 말하는데, 멋져 보일지는 몰라도 공감 가는 말은 아니다. 알다시피 이건 《논어》에 나오는 '열다섯에 학문에 뜻을 두고(지우학), 서른에 홀로 서고(이립), 마흔에 마음 흔들림이 없고(불혹), 쉰에 하늘 뜻을 알고(지천명), 예순에 남의 말을 잘 받아들이고(이순)······' 하는 대목에서 따온 말이다.

글쎄, 공자님은 워낙 훌륭한 분이라 그럴 수 있었을지 몰라도 나 같은 무지렁이야 어림 반 푼어치도 없다. 환갑이 지난 지금도 아침저녁으로 마음이 흔들리는데 마흔에 불혹이라니? 당치도 않다. 쉰 살에 지천명이란 건 더 천부당만부당하다. 하늘 뜻을 안다니, 아이고 황송하기도 해라. 그런 건 도통한 사람이나 하는 일 아니냐. 그래서 이런 말은 '그렇다'기보다는 '그렇게 되도록 애쓰라'는 뜻으로 받아들이고 싶다. 그렇더라도 너무 분에 넘치는 말인지라, 나 같은 좀생원은 입에 올리는 것만으로도 몸 둘 바를 모르게 된다.

그런 문자치레 멋 부리는 말보다는 차라리 옛말(속담)이 더 그럴싸하게 들린다. 말인즉 '마흔에 철 든다'고 하고 '여든에 배냇짓한다'고 하지 않던가. 여든에 배냇짓은 몰라도 마흔에 철든다는 말은 아직도 과분하다. 나 같은 어리보기는 마흔을 넘긴 지 까마득하건만 아직 철이 덜 들었기에 하는 말이다. 나뿐 아니다. 나이깨나 먹은 사람들, 더구나 이 나라에서 행세깨나 한다는 늙은이들 하는 짓을 보면 낯이 다 화끈거리더라. 눈앞의 재물을 탐내어 내 것 남의 것 가릴 줄을 모르고, 금방 들통날 거짓말을 밥 먹듯 하면서도 부끄러워할 줄 모르며, 권세 좀 있다고 천방지축 나대고 우쭐거리기나 하니 그러고도 철이 들었다 하겠는가. 나이 먹었다고 다 나잇값 하는 건 아니다.

우리 옛이야기에는 나이에 얽힌 말들이 많다. 옛이야기에 단골로 나오는 나이가 일곱 살, 열다섯 살, 서른 살, 쉰 살, 그리고 아흔아홉 살이다. '일곱 살'은 젖먹이를 벗어나 어엿한 아이가 되는 나이다. '나이 일곱 살 먹도록 아랫목에서 밥 먹고 윗목에서 똥 싼다'고 하면 아직 사람 구실 못 한다는 얘기다. '미운 일곱 살'이라는 말도 있고 보면 젖먹이 노릇을 벗어난다는 게 쉽지는 않은가 보다.

'열다섯 살'은 아이 티를 벗고 어른이 되는 나이이다. 요새는 스무 살을 어른 되는 나이라 하여 '성년식' 같은 것도 하는 모양인데 옛날에는 안 그랬다. 열다섯 살을 넘기면 어른 대접을 해 줬다. 그래서 관례를 치르고 호패도 차고 머리에 쪽도 찌고 비녀도 꽂아서 어른 티를 냈다. 옛이야기 주인공은 나이 열다섯이 되면 집을 나가는 경우가 많다. 신랑감 신붓감 얻으러, 또는 돈을 벌러, 아니면 신통한 약을 구하러 가는데, 이제 어른이 됐으니 혼자서 여행을 해도 된다는 뜻이리라.

'서른 살'은 시집 장가 가는 끝자락 나이다. 옛이야기 주인공이 '나이 서른이 되도록 시집 장가 못 갔다'고 하면 이야기를 듣는 사람들은 다들 혀를 끌끌 찬다. 하지만 별로 걱정들은 하지 않는다. 곧 멋진 짝이 나타나 혼인하리란 걸 알기 때문이다. 그리고 과연 이야기는 그 기대를 저버리지 않고 곧 주인공을 시집 장가 보낸다. 옛날엔 나이 서른이 혼기를 넘긴 나이였나 보다. 요새는 안 그렇지만.

'쉰 살'은 아기 낳는 끝자락 나이다. 옛이야기에서 어떤 부부가 '쉰이 되도록 아기를 못 낳았다'고 하면 틀림없이 곧 아기를 얻는다. 거짓말처럼 태기가 있든지, 신령님 도움으로 바위 밑에서 주워 오든지, 그것도 아니면 강가에서 두꺼비를 아들 삼아 데려오든지…… 이렇게 해서 얻은 아기가 예사롭지 않음은 두말할 나위도 없다.

'아흔아홉 살'은 복 많은 주인공이 잘 살다가 죽는 나이다. "잘 살아서, 아흔아홉 살까지 살았대." 하면 사람으로서 누릴 수명은 다 누린 셈이다. 하지만 예외는 있는 법. 동방삭이나 사만이는 저승사

자 대접을 잘한 덕분에 그보다 더 오래 살았다. 동방삭은 중국에서 건너온 이야기 주인공이긴 하지만 삼천갑자(18만 살)라니 참 질리게도 살았다. 우리 토박이 신화 주인공인 사만이도 4만 살이라면 적은 나이가 아니다. 이런 건 다 오래 살고 싶은 욕망이 만든 이야기 같다.

옛날엔 예순한 살만 되면 오래 살았다고 환갑잔치를 했다. '환갑'이란 태어난 해 간지가 다시 돌아온다는 뜻이니 딱 60년이 지난 해, 우리 나이로 예순한 살에 맞게 된다. 환갑 다음 해가 진갑이요, 일흔 살은 '고희'라 했다. 사람이 일흔 해 살기는 옛날부터 드문 일이라 해서 그런 이름이 붙었단다. '희수'니 '미수'니 '백수'니 하는 건 각각 일흔일곱 살과 여든여덟 살, 아흔아홉 살을 가리키는 말이다. 다 한문글자를 풀고 모아서 만든 말이라 별 뜻은 없다.

젊은 나이를 가리키는 옛날 말도 있다. 이를테면 '충년'은 여남은 살 나이를 가리키니 요샛말로 하면 '십대'쯤 될까? '약관'과 '방년'은 모두 스무 살 안팎을 가리키는 말이다. 약관은 남자한테, 방년은 여자한테만 썼다. '이팔청춘'이라는 말도 있는데, 이게 '이팔은 십육' 즉 열여섯 살을 가리킨다는 걸 알고 나면 좀 겸연쩍어진다. 하기야 《춘향전》에 나오는 이몽룡과 성춘향이 열여섯 살 동갑이니, 옛날 사람들 나이 셈은 요새하고 달랐나 보다.

젊다는 건 분명 좋은 거지만, 그 때문에 나이 듦을 나쁘게 보아서는 안 된다. 사람의 존엄성이 나이 때문에 허물어져서야 될 말인가. 거꾸로 나이 많다는 게 곧 자랑이 될 수도 없다. 나이를 먹으면서 그만큼 슬기로워졌다면, 그건 존중받아 마땅하겠지만 말이다. 우리가 젊음을 기리는 것도 거기서 우러나오는 생명력과 가능성, 열정과 용기 때문임과 같은 이치다.

이왕에 나이 이야기가 나왔으니, 남한테 들은 얘기와 내 생각을 버무려서 잔소리 한마디 하련다. 젊은 사람과 나이 든 사람한테는 각각 닫아야 할 것이 있고 열어야 할 것이 있다. 젊은이들이 닫아야 할 것은 전자기기 뚜껑이요, 열어야 할 것은 이웃의 목소리를 귀담아들을 귀다. 늙은이들이 닫아야 할 것은 입이요, 열어야 할 것은 돈지갑이다. 그런데 나부터 그렇지만 다들 거꾸로 하는 것 같더라. 젊은이들은 이웃의 목소리에 귀를 막는 대신 부지런히 컴퓨터 단말기와 무선전화기 뚜껑을 연다. 늙은이들은 모두 입을 열어 뭔가를 꾸짖고 소리 지르느라고 정신이 없는 대신 돈지갑은 바짝 그러쥐고 열 줄을 모른다.

여러 말 할 것 없으리라. 나부터 나잇값 좀 해야겠다. 아니, 그 전에 사람값부터 해야 할까?

이상한 말밑

말밑, 어디까지 믿을까?

라디오에서 들은 이야기다. 진행자가 문득 말밑 이야기를 꺼내더니, 옛사람들이 쓰던 말에는 우리가 미처 알지 못한 깊은 뜻이 들어 있다고 했다. 그러면서 아기를 어르는 흉내말(의성어, 의태어)을 보기로 들더라. 이를테면 '도리도리'는 하늘의 '도리'를 깨치라는 뜻이요, '짝짜꿍'은 지난 일을 스스로 돌아보고 생각하라는 뜻으로 만든 '작자궁(어제 작, 스스로 자, 궁구할 궁)'이 바뀐 말이란다. 또 '곤지곤지'는 '도리도리'와 짝을 이루는 말로써, 하늘의 도리를 다 깨쳤으면 땅의 도리도 깨치라는 뜻(하늘 곤, 땅 지)이고, '잼잼'은 소리의 이칠랑 천천히 알아 나가도 된다는 '지음지음(늦을 지, 소리 음)'이 줄어서 된 말이라는 것이다.

이런 이야기 끝에 진행자는 무척이나 진지한 말투로, 옛사람들은 아이를 어르는 말에도 이렇게 깊은 뜻을 담아서 가르쳤다고 크게 감탄했다. 나는 이야기를 들으면서 처음에는 피식 웃다가 나중에는 '허허' 하고 잠깐 소리 내어 웃었을 뿐이다. 그러면서 참 재미있는 이야깃거리가 되겠구나 하고 생각했다.

그런데 며칠 뒤에 이 이야기를 다른 자리에서 했다가 나는 참 어안이 벙벙해졌다. 라디오에서 들은 이야기를 하고 나서 "우습죠?" 하고 되묻는 내 말에 그 자리에 모인 분들 반응이 뜻밖이었기 때문이다. 내가 짐작하고 바란 대로 어이없어하거나 피식 웃거나 '허허' 하고 탄식하는 게 아니라, 모두들 멀뚱멀뚱 나를 쳐다보거나 고개를 갸우뚱거리는 것이다. 그러면서 하는 말이,

"아니, 방송국 같은 데서 설마 근거 없는 이야기를 함부로 하겠어요?"

"그게 근거 없는 이야기라면 방송국에 항의라도 해야 하는 것 아닌가요?"

"정말 그런 뜻이 들어 있지 않다는 걸 선생님은 어떻게 아셨어요?"

이러는 것이다. 전혀 예상치 못한 반응이었기 때문에 나는 잠깐 머쓱해졌다.

그렇지만 이 상황을 이해하는 데 그리 오랜 시간이 걸리지는 않

았다. 아, 그렇구나. 라디오에서 하는 이야기는 거의 꽤 '그럴듯하게' 들리기 쉽다. "정말 그럴까?" 하고 의심하기보다는 "옳아, 그런 뜻이 있었군." 하고 감탄하기가 더 쉽다는 얘기다. 하지만 조금만 생각해 보면 억지로 지어낸 얘기란 걸 알 텐데…….

오래전 내가 살던 시골에는 마을 이름들이 참 재미있었다. '골안, 서낭댕이, 오래기, 구만이' 같은 것이었는데, 한문깨나 읽은 마을 어른들이 이 이름에다가 아주 '깊은 뜻'을 덧붙여 놓는 바람에 몹시 헷갈렸다. 말인즉 '골안'은 옛날부터 난초가 많이 자라는 마을이라서 '고란(옛 고, 난초 란)'이, '서낭댕이'는 옛날에 신선이 살던 마을이라서 '선항당(신선 선, 거리 항, 집 당)'이, '오래기'는 다섯 가지 즐거움이 있는 마을이라고 '오락(다섯 오, 즐거울 락)'이, '구만이'는 가을에 늦게 국화가 피는 마을이라고 '국만(국화 국, 늦을 만)'이 그 말밑이라는 것이다.

들어 보면 억지로 지어낸 냄새가 풀풀 나지만, 근엄한 어른들이 하는 말이라 감히 딴죽은 못 걸고 다들 고개만 갸우뚱거릴 뿐이었다. 어쨌거나 본디 골짜기 안에 깊숙이 자리 잡은 골안 마을도, 서낭당 고개 밑에 있는 서낭댕이 마을도 알쏭달쏭하긴 하지만 더 깊고 오묘한 뜻을 가지게 됐다. 그리고 나를 포함한 많은 사람들이 오래기와 구만이 마을이 정말로 그런 깊은 뜻을 품고 있는지, 아니면 다만 개울가나 언덕 위에 있어서 그런 이름을 갖게 됐는지, 긴가민가하면서도 선뜻 아니라고 나서지는 못했다.

'야단법석'이 불교에서 나온 '심오한' 말이라는 주장을 텔레비전에서 들은 적이 있다. 설명인즉, 절에서 한밤중에 만든 단(밤 야, 단 단)에서 스님이 설법하는 자리(법 법, 자리 석)를 뜻한다는 것이다. 그러면서 덧붙이기를, 그런 자리에 사람들이 워낙 많이 모여서 시끌벅적하게 떠들었기 때문에 '무지한 신도들'이 그 뜻도 모른 채 아무 데서나 시끌벅적하게 떠드는 꼴을 보고 야단법석이라고 말하기 시작했다는 것이다.

그때는 그냥 웃고 말았지만, 이 글을 쓰면서 국어사전을 찾아보니 과연 사전에도 그 야단법석이 올라 있다. 야단을 하고 법석을 떠는, 우리가 흔히 쓰는 야단법석과는 아주 다른 뜻으로 말이다. 그러니까 시끌벅적한 꼴을 가리켜 야단법석이라고 한 신도들을 '무지하다'고 나무란 그 사람이 되레 무지했던 셈이다. 그 '야단법석'과 이 '야단법석'이 다르단 걸 몰랐으니까.

'개차반'이 개가 먹는 음식(개+차 차, 밥 반)에서 나온 말이라거나 '빈대떡'이 본디 가난한 사람이 먹는 떡(가난할 빈, 사람 자+떡) 또는 손님 대접할 때 내놓는 떡(손님 빈, 기다릴 대+떡)이라고 하는 것은 차라리 애교스럽다. 논에서 크는 '나락'이 본디 '신라의 봉록'을 가리키는 말(비단 라, 녹 록)에서 왔다는 것이나, '을씨년스럽다'가 을사조약이 맺어진 해에 모두 기분이 씁쓸했다고 '을사년스럽다'고 하다가 바뀌었다는 풀이도 그저 웃어넘길 만하다. 그런데 '미루나무'가 아름다운 버들이라는 '미류(아름다울 미, 버들 류)'에서 나온 말이라 하고, '우레'가 비 내리고 천둥친다는 '우뢰(비 우, 우레 뢰)'에서 나온 말이라고 우기는 데 이르면 좀 걱정스러워진다. 이러다가는 우리 토박이말이 아예 씨가 말라 버리지나 않을까 해서다.

학자들은 이런 것을 '민간어원'이라고 썩 얕잡아 보기만 할 뿐 대수롭지 않게 여긴다. 그럴듯한 근거도 없이 그냥 비슷한 말소리로 앞뒤를 꿰맞추어 내놓은 말밑이어서 우습지도 않다는 거다. 그런데 내가 보기에 진짜 문제는 근거가 있고 없고가 아니라 우리말을 아주 못쓰게 망가뜨린다는 데에 있다. 가만히 살펴보면 다들 알겠지만, 이 이상한 말밑은 하나같이 우리말을 한자말로 바꾸어 놓은 것이다. 그냥 '소리'로 들으면 좋을 것을 모조리 '뜻'으로 칠갑을 해 놓아서 말맛을 버려 놓았다.

이를테면 도리도리 하고 그저 소리로만 들으면 고개를 이리저리 돌리는 아기의 귀여운 모습이 절로 떠오른다. 그런데 하늘의 도리라는 뜻을 매기면서 이 말을 들으면 무겁고 딱딱한 '관념'이 머릿속에 어중간하게 자리 잡게 된다. 짝짜꿍도 매한가지다. 그냥 들으면 귀여운 아기가 작은 손을 마주치는 소리가 귀에 들리는 듯하다. 그런데 뭐라고? 어제(작) 일을 스스로(자) 돌아보고 생각(궁)하라고? 어이구, 그게 다 뭐야? 말맛이라고는 하나도 없는 맹물 같은 말이 되고 말았다. 위에서 보기를 든 말밑이 모두 이렇다.

옛날에 지체 높고 유식한 양반들은 가난하고 못 배운 백성들이 쓰는 우리 토박이말은 모두 '상스러운' 말이라고 얕잡아 봤다. 그래서 백성들이 만든 예쁜 말에다가 자기네들이 즐겨 쓰는 한자말을 이리 붙이고 저리 덧대어 뜻으로 덧칠하기를 즐겼다. 그래 놓고서는 '무지몽매한 것'들이 감히 알 수 없는 그 '오묘한' 뜻을 풀어 보면서 만족했는지 모르지만, 이제 우리는 속지 않는다. 아무리 그럴듯하게 어려운 한자말로 덧칠을 해도 우리는 그게 다 말장난이란 걸 안다. 그리고 그 말장난이 끝내 맛깔스러운 우리말을 모조리 싱거운 한자말로 만들어 버린다는 것도 안다.

이 글을 읽는 분들은 부디 오해 말기를 바란다. 나는 학자들이 민간어원이라고 얕보는 말밑이 다 시시껄렁한 것이라고 주장하는 게 아니다. 책이나 글로 남은 '근거'가 없다고 해서 별것 아니라는 주장이야말로 진짜 시시껄렁한 것이다.

가령 '아주머니'를 '아기주머니를 가진 사람'으로 푼다든가 '소쩍새'를 '솥 적다고 우는 새'로 푸는 따위는, 비록 근거는 없다손 치더라도 얼마나 재치 있고 재미있는가? 여기에 굽이굽이 사연 많은 옛이야기 한 자리쯤 얽혀 들어간다면 더구나 소담하고 빛나는 말밑이 된다. 내가 속지 말라고 하는 것은 그런 게 아니라, 우리 토박이말을 공연히 한자말로 만들어 그 맛을 지워 버리는 이상한 말밑을 두고 하는 말이다. 가만히 두면 될 것을 공연히 건드려서 말맛을 망가뜨리는, 그런 억지스러운 말밑에 속지 말자는 얘기다.

행여 나와 다른 생각을 하는 분들도 오해하지 않기를 바란다. 나는 본디 한자말로 된 야단법석이나 우뢰라는 말을 아주 버리자고 주장하는 것이 아니다. 그런 한자말도 있을 수 있고, 또 나름대로 쓸모도 있다 치자. 그러나 그 한자말이 우리말 야단법석이나 우레의 말밑이라고 우기고, 그 뜻을 알고나 쓰라고 우리를 닦달하지는 말라는 얘기다. 그 둘이 애당초 다른 말이었다고 하면 누가 뭐라나.

아니 백 걸음을 물러서서, 설마 그렇기야 하겠냐마는, 만에 하나 그 한자말이 우리말의 본디 말밑이었다고 치자. 그렇더라도 이제 와서 그 말밑을 자꾸 끄집어내어 우리말을 깎아내리는 건 온당치 않다. 그것은, 이를테면 '빵'이라는 말이 포르투갈말 '팡'에서 왔다는 것을 자꾸만 들춰내어, 끝내 빵을 우리말 울타리 밖으로 쫓아내는 일과 다름없기 때문이다. 빵은 엄연한 우리말인데도 말이다. 말밑을 밝히는 일은, 대단히 실례되는 말인 줄 알지만, 그런 일로 먹고사는 학자들에게 맡겨 두어도 충분하다.

이 글을 읽는 분들에게 감히 제안한다. 이제부터 도리도리가 하늘의 도리를 가리킨다는 따위의 이상한 말밑에는, 건성으로라도 감탄하는 소리를 내거나 고개를 끄덕여 주지 말자고. 그저 피식, 또는 '허허' 하고 한번 웃어 주자고.

옛말에 딴죽 걸기, 하나

재물과 살림살이에 얽힌 옛말

옛말은 들을수록 재미있고 새길수록 오묘하다. 짧은 한 마디에 열 마디 말뜻을 품어서 새기면 새길수록 맛이 난다. 그 뜻만 해도 겉에 드러낸 것이 있고 속에 감춘 것이 있어서 듣는 이를 놀라게 하며 깨우친다. 감칠맛 나는 우리말을 담는 데 이만큼 안성맞춤인 그릇도 없다.

이렇듯 맛깔나고 멋스러운 게 옛말이지만, 새기다 보면 고개가 갸우뚱해지는 것도 없지 않다. 본뜻이 미심쩍은 것도 있고, 본뜻은 옳아 보이지만 오늘날 세태와 어긋나 어색한 것도 있다. 뒤엣것은, 말하자면 옛말이 그른 게 아니라 세월이 그른 셈이다.

사람한테는 뭐니 뭐니 해도 먹고사는 문제가 가장 크니, 우선 재물과 살림살이에 관한 옛말을 살펴보자. '돈만 있으면 귀신도 부린다'는 옛말은 돈이 가진 힘을 강조한 것이다. '돈만 있으면 개도 멍첨지'라는 말도 있으니 과연 돈 힘이 세긴 센가 보다. 나는 새도 떨어뜨린다는 서슬 퍼런 검사들도 재벌이 던져 주는 '떡값' 앞에서 순한 강아지가 되는 걸 보면, 참 옛말 하나 그른 게 없다는 생각이 든다.

그런데 세상에는 돈으로 안 되는 것도 있다. 성품이 곧은 사람 기개를 꺾는 일과, 욕심 없는 사람 마음을 흐리게 하는 일이 바로 그렇다. 그런 일은 돈이 아무리 많아도 할 수 없다. 그리고 바로 그 '돈으로 할 수 없는 일'이 많을수록 좋은 세상이다. 돈이 문제가 아니라 돈을 쓰는 사람 마음이 문제다. '돈으로 안 되는 일 없다'고 생각하는 순간 사람은 돈의 노예가 된다. 돈의 노예가 된 사람들이 만드는 세상은 '정글'이다.

돈만 있으면 귀신도 부린다고? 맞는 말이다. 하지만 잊지 마시라. 당신이 돈으로 부릴 수 있는 귀신은 '돈을 좋아하는 귀신'이다. 돈보다 귀한 가치를 지키며 사는 귀신에게 돈을 줄 테니 그 가치를 버리라고 강요한다면, 당신은 억만금을 주고도 결코 귀신을 부릴 수 없을 것이다. 돈만 있으면 개도 멍첨지라고? 옳은 말이다. 하지만 알아 두어야 할 것이 있다. 돈으로 벼슬을 산 개는, 다만 돈을 떠받드는 사람들 앞에서만 권세를 누릴 수 있다.

'사흘 굶어 담 아니 넘을 놈 없다'는 옛말도 있다. '사흘 굶어 아니 나는 생각 없다'느니 '열흘 굶어 군자 없다'느니 하는 말도 다 같은 뜻이다. 요컨대 춥고 배고파 봐라, 짐승 안 되는 사람 있나, 이런 말이다. 글쎄, 나는 아직 열흘을 안 굶어 봐서 모르지만 그냥 고개를 주억거리자니 왠지 떨떠름하다. 정말 그럴까? 몸의 고단함 앞에서 우린 누구나 마음의 존엄을 벗어던지게 될까?

여기서 사흘이 반드시 '세 밤 자는 동안'을 뜻하는 건 아닐 게다. 그럴진대 '극한 상황'에 다다른 사람이 무슨 짓이든 못 하겠느냐는 저 말뜻을 어찌 이해 못 할까? 하지만 이 세상 어디엔가는 굶어죽을지언정 '담 넘는 일' 같은 흉한 일은 마다할 사람이 있을 것이다. 아니, 반드시 그런 사람이 있어야 한다. 어려움 앞에서 누구나 쉽게 짐승이 돼 버린다면, 또 그것을 우리 모두가 당연한 일이라 여긴다면 너무 슬프지 않은가.

'가난 구제는 나라도 못 한다'는 옛말은 좀 수상쩍다. 이건 혹시 나라가 자기 책임을 벗으려고 꾸며 낸 말이 아닐까. 입은 비뚤어져도 말은 바로 하랬다고, 가난 구제를 나라가 안 하면 도대체 누구더러 하란 말인가? 옛날 왕조시대에나 요즈음 민주사회에나, 가난 구제는 마땅히 나라가 해야 한다. 백성들한테서 세금을 걷고, 백성들 불러다가 나라 파수를 보게 하고, 백성들 데려다 일을 시켰으면 그

다음 일은 나라가 책임져야 하지 않나? 백성들한테서 뜯을 것 다 뜯어먹고, 벗길 것 다 벗겨 먹고, 게다가 말 안 들으면 잡아다 주리까지 틀면서 가난 구제 못 하겠다고 버티는 나라가 있다면, 그런 나라를 어찌 나라라 하겠는가.

그런데 다시 생각해 보니 이 옛말에는 도움토씨(보조사) '-도' 자가 큰 구실을 하는 것 같다. 만약에 '가난 구제는 나라가 못 한다'고 했으면 정말 염치없는 말이 될 뻔했다. '나라도'라고 해서 그나마 조금 봐줄 만해졌다. 그러니까 이런 뜻으로 새길 법한 것이다. "가난 구제는 본디 나라가 해야 하지만, 가난이라는 게 워낙 모질고 질겨서 나라가 나서도 안 될 때가 있다." 어쨌든 가난 구제는 나라가 해야 한다.

'산 입에 거미줄 치랴'는 옛말은 무척 태평스럽게 들린다. '사흘 굶으면 양식 지고 오는 놈 있다'는 말이나 '굶어 죽기는 정승하기보다 어렵다'는 말도 매한가지다. 그러다가 '사람은 저 먹을 것 제가 가지고 태어난다'에 이르면 은근히 부아가 치밀어 오르는데, 옛날 같으면 몰라도 요새는 절대로 사람이 저 먹을 것을 제가 가지고 태어나지 않기 때문이다. 참말로 사람마다 저 먹을 것을 제가 가지고 태어난다면, 왜 요새 젊은 부부들이 아기 낳기를 그리도 꺼리겠는가. 요새 세상에 아이 하나 낳아 학교 공부시키고 시집 장가 보낼 때까지 줄잡아 몇억 원이 든다 하니, 이런 판국에 저런 옛말은 안할 말로 사람 염장 지르기 똑 좋다.

'티끌 모아 태산'이나 '천 리 길도 한 걸음부터'라는 옛말은 오래전부터 '교육용'으로 널리 썼다마는 이제 낯간지러워서 더는 아이들 앞에서 그런 말 못 하겠다. 티끌 모아서는 결코 태산 안 되고, 한 걸음부터 걸어서는 절대 천 리 못 가는 게 요새 세상이다. 무슨 소리냐고? 내가 들은 이야기 가운데 이런 것이 있다.

"어떤 사람이 큰 빚을 져서, 그 빚을 갚느라고 10년 동안 하루 한두 시간씩 자면서 억척스럽게 일을 했다. 목욕탕 청소, 신문 배달, 떡 배달, 학원 차 운전, 폐지 모으기, 광고지 돌리기……, 이런 일을 밤낮으로 해서 10년 만에 빚 3억 5천만 원을 다 갚았다."

이게 무슨 뜻인가? 요새 우리나라에서 사람이 안 먹고 안 입고 안 쓰고, 그야말로 '등골 빠지게' 일만 하면 10년 동안 3억5천만 원쯤 벌 수 있다는 뜻이다. 그러니 몇십 몇백 억 되는 태산과 천 리는 아예 꿈도 꾸지 말아야 한다. 그런데 몇백 억대 부자들은 도대체 무슨 수로 돈을 모았느냐고? 그건 나도 모른다.

'개처럼 벌어서 정승같이 쓴다'거나 '버는 자랑 말고 쓰는 자랑하랬다' 같은 옛말은 모두 돈은 버는 것보다 쓰는 것이 더 중요하다고 말한다. 옳은 말이다. 아무리 많은 돈도 값지게 쓰지 않으면 아무것도 아니다. 그런데 여기에도 딴죽을 걸고 싶어지는 까닭은, 이 말이 자칫 '돈 버는 데 무슨 짓을 한들 어떠냐?'는 뜻으로 새겨질까 봐 그렇다. 개처럼 벌라는 말이 궂은일 험한 일 가리지 말란 뜻인 줄은 알지만, 행여 더럽고 염치없는 짓도 '개처럼 버는' 일에 끼어들까 봐 걱정돼서 하는 소리다.

가장 좋기는, '사람처럼 벌어서 사람같이 쓰는 일' 아닐까.

옛말에 딴죽 걸기, 둘
사람의 도리를 말하는 옛말

옛말 백 가지 가운데 스무 가지는 무릎을 치며 듣고, 서른 가지는 고개를 끄덕이며 듣고, 마흔 가지는 그러려니 하면서 듣는다. 하지만 그 가운데는 듣다 보면 어리둥절해지거나 마음이 찜찜해지는 것도 더러 있다.

'바로 가나 모로 가나 서울만 가면 된다'는 옛말도 그중 하나다. 과정이야 어떻든 결과만 좋으면 다 좋다는 뜻으로 들려 뒷맛이 썩 개운치 않은 것이다. 끝만 좋으면 그만이라는 생각은 절차를 가볍게 여겨 종종 무리를 부른다. 이를테면 학원에서 선생님이 성적 올리려고 아이들에게 벌을 주는 일이나 경찰서에서 수사관이 자백을 받아 내려고 피의자에게 주먹질하는 일이 다 이런 생각에서 나온 것이다.

이런 경우 대개 잘못은 일을 시킨 사람에게 있다. 무슨 수를 써서라도 내 아이 성적 올려 달라고 다그치는 부모와 빨리 범인을 잡으라고 아랫사람을 닦달하는 높은 사람 말이다. 이런 상황에서 무리수가 안 나온다면 그것이 되레 이상할 것이다. 굴러가나 기어가나 서울만 가면 그만이라고? 아니다. 서울엘 제대로 가려면 바른 걸음으로 걸어가야 한다. 서로 앞을 다투는 대신 여럿이 어깨를 걸고 간다면 더 좋겠지.

'오르지 못할 나무는 쳐다보지도 말라'는 옛말을 듣다 보면 슬그머니 화딱지가 난다. 아무리 애써도 아니 될 일을 두고 공연히 헛물켜지 말라는 뜻인 줄은 알겠다마는, 그래도 이건 남에게 강요할 말은 아닌 듯하다. 마치 지체 높은 벼슬아치나 돈 많은 부자가 가난한 백성들에게 '너희들은 근본이 무지렁이들이니 아예 우리 자릴랑 넘보지 말라'고 을러대는 것 같아서 그렇다. 그래서 나 같은 무지렁이는 이렇게 말하고 싶어진다. "당장 오르지 못할 줄은 안다마는, 그래도 좀 쳐다보면 안 되나? 그 나무가 언제부터 당신들 것이었는지 모르지만 우리도 좀 쳐다보게 해 다오." 이리 쳐다보고 저리 쳐다보며 궁리하다 보면 오를 길이 생길지 누가 아나? 그러니 오르지 못할 나무라도 열심히 쳐다보아야 한다.

'뱁새가 황새 따라가다가 가랑이 찢어진다'는 말도 화가 나긴 매한가지다. 황새를 못 따라가는 건 뱁새 잘못이 아닌데도 뱁새를 나무라고 있으니 말이다. 애당초 뱁새 다리가 황새 다리보다 짧은 건 불공평한 일이니 뱁새를 황새 앞에 세워 줘야지 황새 뒤를 따르게 해서는 안 되잖나. 오히려 저 혼자 살겠다고 뱁새를 뿌리치고 내닫는 황새를 타일러야 할 것 같은데?

'잉어가 뛰니 망둥이도 뛴다'는 옛말도 썩 듣기 좋은 말은 아니다. 잉어처럼 요란하게 뛰지 못하는 게 어찌 망둥이 탓일까. 애당초 몸집이 조그마하게 생겨 먹은 걸 어쩌란 말이냐. 이 경우에도 잉어를 따라 하는 망둥이를 놀려 먹을 것이 아니라, 망둥이를 무시하고 힘자랑이나 하는 잉어를 나무라야 옳을 것 같다.

한문을 새긴 말 중에 '자두나무 밑에서는 갓을 고쳐 쓰지 말고 참외밭에서는 신을 고쳐 신지 마라'는 말이 있다. 공연히 남에게 의심받을 짓을 하지 말라는 충고는 고맙다마는 이 말 또한 썩 이치에 맞는 말은 아니다. 자두나무 밑에서든 어디서든 갓을 고쳐 쓰는 건 갓임자 마음이요, 참외밭에서든 어디서든 신을 고쳐 신는 건 신 임자마음이다. 그걸 보고 누가 도둑으로 몬다면, 그렇게 몬 사람이 바로나쁜 사람이다. 나 같으면 이렇게 말하겠다. "자두나무 밑에서 갓을 고쳐 썼다고 해서, 참외밭에서 신을 고쳐 신었다고 해서 죄 없는 사람을 도둑으로 몰지 마라." 공연히 남을 의심하는 사람보다 죄도 없이 남에게 의심받는 사람을 더 나무라서야 되겠는가. '도둑놈은 한 죄, 잃은 놈은 열 죄'라는 옛말도 있는데, 이 또한 경우 없는 말이다. 잃은 사람이 아무리 물건 간수를 못 했기로서니 도둑보다 더 나쁘다니 말이 되는가.

'길이 아니거든 가지를 말라'는 말은 점잖게 들리지만, 그래서 매우 '교육적'인 냄새도 풍긴다마는, 나 같으면 아이들한테 그런 말 안 하겠다. 남이 만들어 놓은 길로만 가면 위험은 없겠지만 그 대신 평생 남의 뒤나 따르게 된다. 용기 있는 사람이라면 남이 가지 않은 길로도 갈 수 있어야 한다. 역사 속에서 훌륭한 자취를 남긴 이들은 하나같이 새로운 길을 개척하지 않았나. 나라면 이렇게 말해 주겠다. "길이 없으면 만들어서 가거라. 네가 가면 곧 길이 될 것이다."

자주 듣는 옛말은 아니지만 '물이 너무 맑으면 물고기가 안 뀐다'는 말도 있다. 뜻인즉 사람이 너무 깨끗하고 반듯하게 굴면 둘레에 사람이 모이지 않는단 것이다. 이건 좀 어처구니가 없다. 그러면 '적당히' 썩어서 거짓말도 하고 법도 어기고 뇌물도 받고 해야 사람이 꼬이나? 그렇게 해서 사람이 꼬인들 무엇에 쓸 것인가. 두 말할 나위도 없이 물은 맑아야 하고, 맑을수록 좋다. 맑은 물에는 깨끗한 물고기가 모여들 것이고 흐린 물에는 지저분한 물고기가 뀔 뿐이다.

옛말 가운데는 본뜻과 조금 달리 쓰는 것도 있다. 본뜻은 그렇지 않았으나 푸는 사람이 제 입맛에 맞게 풀다 보니 그 뜻이 달라져 버린 경우다. 이를테면 '모난 돌이 정 맞는다' 같은 옛말은 본디 성질머리 사나운 사람에게 주는 충고였다. 그런데 언제부터인가 여럿 속에 섞이지 못하는 사람, 시쳇말로 '튀는' 사람을 겨냥한 말이 되고 말았다. 남과 다르다는 것은 결코 흠결이 아니다. 남들이 다 '예'라고 할 때 혼자 '아니오' 한다고 그게 죄가 될 수는 없다. 남들이 다 빨간 옷을 입는다고 나도 빨간 옷을 입어야 하나? 우리 아이들이 '모난 돌이 정 맞는다'는 옛말을 들으면서 일찌감치 남들 틈에 섞여 개성을 버리고 두루뭉수리로 살아가는 법을 익힌다면 슬픈 일이다.

'모르는 게 약이요 아는 것이 병이다'는 옛말은, 알면 알수록 고통스럽다는 말을 에둘러 나타낸 듯하다. 생각해 보니 정말 그렇다. 모르고 살 때는 편했는데 알고 나면 괴로운 것이 어디 한두 가지인가. 안 할 말로 '배고픈 사람'보다 '배부른 돼지'가 편하긴 하다. 하지만 그렇다고 해서 우리 모두 눈 감고 귀 막고 바보가 되어 살자고 할 수는 없는 노릇이다. 모르는 게 약이요 아는 것이 병이라지만, 어쩔 수 없이 약을 두고 병을 찾으며 살아가는 게 또한 사람 아닐까.

'말 많은 집 장맛도 쓰다'는 옛말도 새겨 보면 좀 꺼림칙하다. 말이란 게 때때로 다툼의 불씨가 되기도 한다마는, 그렇다고 덮어놓고 말을 못 하게 해서야 쓰나. 이런 옛말은 자칫하면 억압의 도구로 쓰이기 쉽다. '말을 많이 하지 말라'는 경고 따위가 집안 남자어른을 겨냥하는 경우는 거의 없으니 말이다. 이런 말은 대개 여자들과 아이들 입을 막을 때 힘을 쓴다. '말이 많으면 쓸 말이 적다'는 옛말도 내가 보기에는 틀렸다. 그게 아니라 말이 많으면 쓸 말도 많아진다. 여럿이 모여 의논을 해 본 사람이라면 누구나 알 것이다.

애먼 옛말을 두고 시시콜콜 딴죽이나 걸다 보니 슬그머니 쑥스러워진다. 하긴 옛말에 무슨 죄가 있을까. 그걸 이리 비틀고 저리 꼬아서 제 편한 대로 써먹는 사람이 그른 것이지.

옛말에 딴죽 걸기, 셋
세태에 따라 달라진 옛말

옛말 가운데는 본디 귀담아들을 만했으나 세상이 달라지는 바람에 쓸모가 없어진 말도 있다. 이를테면 '사람은 낳으면 서울에 보내고 말은 낳으면 제주도에 보내라'는 말이 그렇다. 옛날에는 사람 많은 곳에 배울 것도 많아 세상물정 아는 데는 서울이 제격이었을 법하다. 하지만 이제는 서울처럼 사람 많은 곳엔 배울 것보다 못 배울 것이 더 많다. 그러고 보니 요새 온갖 흉한 일 험한 일은 서울에서 다 일어나더라. 삿대질하고 억지 부리고 을러대고 욕보이고 때리고 발길질하고……. 세상에 사람보다 더 무서운 것 없다더니 그 말이 딱 옳다. 아이들이 그 속에서 무엇을 배울 것인가?

하긴 어디 서울뿐이랴. 요새는 웬만한 시골에도 아이들 데리고 살기 겁난다. 날이 갈수록 '사람'과 '자연'은 뒷전으로 밀려나고 '돈'

과 '이익'이 나서서 판을 치니 말이다. 크고 작거나 많고 적은 차이는 있어도 온 나라가 돈 냄새에 취해 돌아가는 건 매한가지다. 글쎄, 어디 사람 자취 없는 산속 깊은 곳에 들어가 산다면 모를까. 그런데 당신이 들어간 그곳이 공기 맑고 물 좋아 아이들 데리고 살 만하대도 절대 소문내지 마시라. 그러면 당장에 부동산 투기꾼들이 몰려와 쑥대밭을 만들어 놓을 테니까.

'개천에서 용 난다'거나 '음지가 양지 되고 양지가 음지 된다'는 옛말은 본디 사람 팔자 알 수 없다는 뜻으로 썼다. '나무꾼이 상감 된다'는 말도 있으니 옛날부터 미천한 사람이 팔자를 고치는 일이 꿈만은 아니었나 보다. 언뜻 생각해 보면 이런 '신분 상승'은 옛날보다 요새 더 쉽게 일어날 것 같다. 자본주의 사회를 일러 '기회의 땅'이라고도 하지 않는가. 하지만 그건 착각이다. 개천에서 용 나는 일은 옛날 신분사회에서 오히려 더 자주 일어났다.

따은, 이삼십 년 전까지만 해도 시골길을 가다 보면 '축 아무개 사법고시 합격' 같은 글귀가 마을 어귀에 커다랗게 붙은 모습을 볼 수 있었다. 그건 개천에서 용 났다는 뜻이며, 온 동네가 나서서 잔치를 벌일 만한 일이었다. 그런데 이제는 그런 일이 일어날 수 없다. 이른바 '사교육비' 때문이다. 요새 세상에 시골 학교 아이들이 아무리 용을 써 봤자 서울에서 좋은 학원 다니고 비싼 과외 받아 이른바 일류 대학교에 들어가는 아이들을 당할 수 없기 때문이다.

'맞은 놈은 펴고 자고 때린 놈은 오그리고 잔다'는 말은 꽤 그럴
듯하다. 사람한테는 누구에게나 양심이라는 게 있어서 남을 때리
고 나면 마음 한구석이 찜찜해 잠도 잘 안 오는 법이다. 그런데 요
새는 사정이 좀 달라진 것 같다. 우리처럼 힘없는 백성들이야 안 그
렇지만, 어떤 사람들은 사람 때리고 나서 오히려 떵떵거리더라. 자
기들 마음에 안 든다고 애먼 사람 욕보이고 종주먹질하고 나서 누
가 왜 그러느냐고 따지기라도 하면 "너도 똑같은 놈이지?" 하며 을
러대는 게 그 사람들 특기 아니던가.

'아니 땐 굴뚝에 연기 날까'라는 옛말도 오랫동안 많은 사람들
입에 오르내렸다. 아니 땐 굴뚝에서는 절대 연기가 안 나니까 이 말
에 딴죽을 걸어서는 안 된다. 그런데 요새는 하도 이상한 일이 자주
일어나서 그런지 아니 땐 굴뚝에서도 걸핏하면 연기가 솔솔 나더
라. 무슨 말이냐고? 이 또한 몇몇 사람들이 즐겨 하는 일인데, 누군
가 마음에 안 드는 사람이 있으면 없는 소문도 지어내고 퍼뜨려서
하루아침에 '죽일 놈'을 만들어 버리지 않던가. 그러다가 나중에 그
게 다 헛소문으로 드러나도 눈썹 하나 까딱 않던걸. "난 또 그런 줄
알았지. 아니면 말고." 이런 짓을 저잣거리 돌아다니는 건달이 아니
라 판검사와 신문사 방송국에 있는 점잖은 사람들이 하고 있으니,

우리 같은 백성은 그저 기가 탁 막힌다.

'입이 여럿이면 쇠도 녹인다'는 말이 있다. 이건 참 좋은 말이어서 그 앞에 향 피우고 절이라도 하고 싶다. 여러 사람이 입을 모아하는 말은 아무도 거스를 수 없다는 뜻이니 요새 같은 민주사회에 참 걸맞은 말 아닌가. 요새뿐 아니라 옛날 왕조시대에도 백성들이 한입으로 부르짖는 말은 모두가 두려워했나 보다. 《삼국유사》에는 바닷가 백성들이 땅을 두드리며 입을 모아 함께 노래 부르자 바다 용도 그 말을 따르더라는 대목이 있다. 그런데 이 옛말도 요새 들어서는 힘을 못 쓴다. 요새 어떤 세도가 사람들은 아무리 많은 백성들이 한입으로 외쳐도 도무지 꿈쩍 않으니 말이다. 그 사람들은 아무래도 저 옛말을 이렇게 고치고 싶어 할 것 같다. "입이 여럿이면 시끄러우니 재갈을 물려야 한다."

'죄는 지은 대로 가고 덕은 닦은 대로 간다'는 옛말도 그 앞에서 옷깃을 여밀 만한 좋은 말이다. 옛날 사람들은 이런 말을 아이들에게 들려주며 이익보다 의리를 좇고 보는 눈이 없어도 착하게 살기를 권했을 법하다. 옛이야기에도 언제나 나쁜 사람은 벌 받고 착한 사람은 복 받는다. 정말이지 그렇게만 되면 얼마나 좋을까. 그런데 요새 세상은 그런 말을 비웃기라도 하듯, 죄 없는 사람이 잡혀가 고초를 겪는 동안 정작 죄 지은 사람은 되레 큰소리치는 일이 예사로 벌어진다. 글쎄, 그렇게 애먼 사람 잡아다 괴롭히는 일을 누가 하는 걸까. 설마 법을 어기고 죄 지은 사람이 그런 일을 하지는 않을 테지. 만약에 그렇다면 정말 말세다.

옛말 가운데 흔치는 않지만 약자와 소수자를 깔보고 놀리는 말도 있다. '소경 치고 살인낸다' 같은 말이 바로 그런 것인데, 이 말이 '변변치 못한 것을 상하고 큰 것을 문다'는 뜻이란 걸 알면 다들 놀랄 것이다. '문둥이 치고 살인 빚 갚는다'도 같은 뜻으로, 이런 말을 들으면 마치 똥물이라도 뒤집어쓴 듯 불쾌해진다. '앉은뱅이 앉으나마나 장님 잠자나마나' 같은 말은 앞엣것보다는 덜하지만 얼굴 붉어지긴 매한가지다.

우리 옛말에는 장애인을 놀리는 것이 뜻밖에도 많은데, '병신이 육갑한다'는 것도 그중 한 가지다. '병신'은 본디 병에 걸리거나 장애를 가진 사람을 가리키는 말이고 '육갑'은 '갑자 을축 병인 정묘……'로 이어지는 '육십갑자'를 줄인 말로, 뜻인즉 모자라는 사람이 분에 넘치는 일을 함을 비꼬는 것이다. 너무 야비한 말이라 두 번 입에 담고 싶지 않다.

옛말 가운데는 그 뜻이 그르다 할 순 없지만 빗나간 세태를 담은 말도 있다. 이를테면 '옷이 날개'라거나 '입은 거지는 얻어먹어도 벗은 거지는 못 얻어먹는다'는 말이 그런데, 겉보기로 사람을 대접하는 비뚤어진 세태를 그대로 비춰 준다.

겉꾸밈에 따라 대접이 달라지는 풍속은 예나 이제나 다를 바 없나 보다. 내 동무 한 사람은 일하다가 급히 가느라 일옷을 입은 채 장례식에 갔는데, 여기저기서 반말로 일을 시키는 바람에 진땀을 뺐다더라. 모두들 장례식장에서 심부름하는 사람인 줄 알더라는 것이다. 내가 아는 한 대학교 선생님은 늘 편한 옷차림으로 자전거를 타고 다니는데, 한동안 출근할 때마다 정문 지키는 사람에게 신분증을 보여 주고서야 들어갈 수 있었다 한다. 씁쓸한 웃음이 나오는 대목이다.

옛말에 딴죽 걸기, 넷
편견과 차별을 담은 옛말

어릴 때 설날 아침이 되면 어머니는 나를 이웃집에 보냈다. 별것도 아닌 구실을 붙여 보내면서 이렇게 말했다. "가서 문지방이나 넘고 오너라." 이웃집 아이도 나와 똑같이 일없이 우리 집에 왔다 갔다. 그렇게 사내아이들이 분주히 남의 집 문지방을 넘나드는 동안 계집아이들은 꼼짝 않고 방 안에 틀어박혀 있었다. 설날 아침부터 여자가 집에 들어오면 '재수가 없다'는 게 그 까닭이었다.

아내는 아직도 이른 시각에 물건 사러 가기를 꺼린다. 장사하는 사람들이 마수걸이 손님으로 여자가 오는 것을 싫어하기 때문이란다. 친척들이 모여 제사를 지낼 때면 이해할 수 없는 일이 벌어지는데, 여자들은 부엌에서 하루 내내 일만 할 뿐 제사상 근처에는 얼씬도 못 하는 것이다. 그 까닭을 들어 보면 너무 어이가 없어 웃음도 안 나온다. '부정을 타기' 때문이라니!

이렇듯 이 땅에 드리운 '여성비하 의식'은 그 뿌리가 깊고도 넓다. 그리고 그런 편견은 사납고 비비 꼬인 옛말을 낳았다. '암탉이 울면 집안이 망한다' 같은 옛말이 바로 그런 것이다. 사실은 암탉이 자주 울면 집안이 성한다. 달걀을 자꾸 낳아 줄 테니 말이다. '암탉 울어 날 샌 일 없다'는 말도 마찬가지다. 날 샐 때 수탉 우는 게 그렇게 큰일인가? 그런 식으로 따지자면 암탉에게도 할 말이 많을 것이다. 어디 수탉 울어 알 낳는 것 봤나?

'계집은 사흘 안 때리면 여우가 된다'느니 '여편네와 북어는 두드려야 고와진다'느니 하는 말은 입에 담기조차 싫지만 엄연히 옛말 구실을 했다. 이런 말은 이른바 '가정폭력'을 정당화하는 도구로 썼다는 점에서 그 죄가 크다. 그 옛날 저잣거리 술집에서 이런 말이나 주고받으며 낄낄대었을 남정네들을 떠올리면 같은 남자로 태어난 게 부끄러울 지경이다.

'여편네는 돌면 버리고 연장은 빌면 버린다'나 '장작불과 계집은 쑤석이면 탈 난다' 같은 말도 입에 올리기 민망하다. 사실 옛날 여성들은 바깥출입을 마음대로 못 했다. 내가 어렸을 때만 해도 장 보러 가는 일은 대개 아버지 몫이었다. 장날이 되면 어머니는 집에서 종일 일만 하다가, 밤늦게 아버지가 들고 온 고등어 한 손을 받아들고 반가워하는 게 다였다. 어머니에게는 음식 장만할 '의무'만 있었을 뿐 장 볼 '권리' 따위는 없었던 것이다.

'계집은 제 고을 장날을 몰라야 팔자가 좋다'는 말도 그래서 나왔나 보다. 장날이 언제인지도 모르고 그저 남편이 갖다주는 대로 먹고 입고 사는 아내가 복장 편하단 뜻인데, 과연 그럴까? 사실은 이게 팔자가 좋은 게 아니라 지지리 복이 없는 것이다. 여자도 사람이라면, 창조의지와 자유의지를 가진 사람이라면, 결코 노리개 집짐승처럼 살기를 바라지는 않을 것이다. 여자에게도 제 고을 장날이 언제인지 알고 살 권리가 있다는 걸, 옛날 남자들은 왜 인정해주지 않으려 했을까?

'여편네 셋이 모이면 접시 구멍을 뚫는다'는 말은 요새도 사람들 입에 심심찮게 오르내리는 것 같다. '여자 셋이 모이면 나무접시가 뛰논다'거나 '여자 입 열이 모이면 쇠도 녹인다'는 말도 같은 축에 드는 것으로, 말인즉 여자들이 여럿 모이면 수다스러워진다는 뜻이다. 그런데 정말로 수다스러운 건 나쁜 걸까? 과묵한 건 언제나 좋은 거고? 입은 말하라고 생긴 것 아닌가? 정작 말을 해야 할 때 입을 다무는 것도 죄가 될 수 있다.

'여편네 벌이는 쥐벌이'라는 옛말도 여성을 깔보는 마음에서 나왔다. 여자가 벌면 얼마나 버느냐고 빈정대고 있지만, 사실 옛날처럼 여성을 꼼짝 못 하게 한 사회에서 한 푼인들 여자 힘으로 벌었다면 그건 아주 큰 벌이다. 이런 형편은 요새라고 다르지 않다. 요새 여자들은 남자들과 똑같은 일을 하면서도 그 3분의 2밖에 안 되는 품삯을 받는다지 않나. '여편네 활수하면 벌어들여도 시루에 물 붓기'라는 말도 있는데, 듣다 보면 쓴웃음이 나온다. 여편네든 남정네든 누구든지 헤프게 쓰면 살림 축나는 거지, 여자라고 해서 더 그런가? 내가 보고 듣기로는 살림 잘 '말아먹는' 솜씨는 남자들이 더 나은 것 같던데?

여성을 얕보고 만든 옛말은 하도 많아서 다 들자면 하루해도 모자랄 지경이다. '치마짜리가 똑똑하면 승전막이 갈까?'라는 말을 들으면 옛날 남자들이 벼슬을 독차지한 게 왜 여자 탓이냐 싶고, '계집의 매도 많이 맞으면 아프다'는 말을 들으면 그 말 만든 사람 동무 안 되기 참 다행이라는 생각이 든다. '여편네 소견이 널러야 오그랑쪽박'이라는 말도 있던데, 그 말 지어낸 사람의 소견은 얼마나 너를까 궁금하다.

여자는 입이 가벼워 비밀을 간직 못 한다는 뜻으로 하는 옛말도 있다. '소더러 한 말은 아니 나도 처더러 한 말은 난다'는 말이나 세상에 몹쓸 것으로 '계집 입 싼 것, 지어미 손 큰 것, 돌담 배부른 것, 사발 이 빠진 것, 중 술 취한 것, 노인 부랑한 것……'을 든 것이 다 그러한데, 이런 말들이야말로 편견 중의 편견이다. 내가 보기엔 말해 놓고 안 한 척, 안 해 놓고 한 척 시치미 떼는 건 남자들이 더하더라. 그것도 넥타이 매고 양복 입고 텔레비전이나 신문에 자주 나오는 '높은 사람들'이 더 그렇던데?

'처녀가 아이를 낳아도 할 말이 있다'는 옛말은 입이 열 개라도 할 말이 없을 법한 상황에서 흔히 쓰는데, 이건 암만 생각해도 앞뒤가 맞지 않는다. 사실 처녀가 아이를 낳으면 얼마나 할 말이 많겠는가? 시집도 안 간 처지에 아이를 낳았으면 그 사연이 굽이굽이 한 보따리는 될 터인데, 그 말에 귀를 기울여 주지는 못할망정 되레 무슨 할 말이 있느냐고 나무라는 꼴이니 어찌 이치에 맞다 하겠는가.

'여자 팔자 뒤웅박 팔자'라는 말은, 그 옛날 죽으나 사나 남편에게 매여 지낸 아내들 처지를 그대로 말해 주는 옛말이다. 알다시피 뒤웅박에는 끈이 달려 있어서, 그 끈이 떨어지는 날에는 꼼짝없이 버림받는 신세가 된다. 그저 남편 허리춤에 디룽디룽 매달려, 가면 가는 대로 오면 오는 대로 따라 살아야 했던 옛 여인네들의 한탄이 이 말 한마디에 배어 있는 듯하다. 끈 떨어진 뒤웅박 팔자가 되지 않으려고 귀머거리 벙어리 장님 행세를 해 가며 참고 또 참고 살아야 했던 우리네 어머니들!

그런 어머니들에게 '여자가 늙으면 여우가 된다'는 말은 너무 가

혹하다. 그러면 남자는 늙으면 무엇이 되나? 늑대? 곰? 멧돼지? 고집만 센 고슴도치는 아닐까? '여자가 한을 품으면 오뉴월에 서리가 내린다'는 말도 썩 공변되게 들리진 않는다. 그만큼 여자가 한을 품을 만한 일이 많았다는 반증은 아닐까? 그러고 보니 '전설의 고향'에 한을 품고 나오는 귀신은 죄 여자들이더라. 그 여자들에게 한을 갖다 안겨 준 장본인은? 두말할 것도 없이 남자들 아니던가.

세태를 담은 말

술은 마셨지만 음주는 아니다?

앞뒤 안 맞는 말 홍수가 났다

살다 보면 '말도 안 되는 말' 또는 '말 같지 않은 말'을 들을 때가 있다. 옛날 중국에 공 아무개라는 사람은 이런 말을 했단다. 단단하고 흰 돌은 있을 수 없다고. 사람들이 왜냐고 물으니, 단단하기는 손으로 만져야 알 수 있고 색깔은 눈으로 봐야 알 수 있는데 어찌 둘이 하나가 되겠느냐고 하더란다. 이같이 사람을 속이거나 헷갈리게 하는 말을 두고 요새 사람들은 '궤변'이라고 하는 모양이지만 옛사람들은 '헛말' 또는 '허튼소리'라 하여 웃어넘겼다. 하긴, 말 같지 않은 말은 웃어넘기는 게 상책이다.

'네모난 동그라미'처럼 앞뒤가 안 맞는 말도 있는데, 이를 두고 '형용모순'이나 '모순형용'이라고도 하더라만 아무튼 이것도 말이 안 되기는 매한가지다. 그런데 이 같은 말은 더러 정색을 한 자리에서 쓰이기도 한다. 이를테면 '즐거운 비명'이나 '공공연한 비밀' 같은 것인데, 앞뒤가 어울리지 않긴 하지만 무슨 뜻인지 다들 알고 쓰니 문제 될 건 없다. '소리 없는 아우성'이나 '행복한 슬픔' 같은 말도 앞뒤가 안 맞긴 마찬가지지만, 시 같은 데서 미묘한 느낌을 살리려고 쓴 말이니 해될 일이 무엇이랴.

옛이야기에도 그런 말이 더러 나온다.

"옛날에 다리 없는 노루가 나무 없는 숲에 들어가니 가지 없는 나무에 씨 없는 앵두가 달려 있기에 밑 없는 자루에 따 담아 목 발 없는 지게에 얹어서 사람 없는 장에 갖다 팔아 구멍 없는 엽 전을 받아 두렁 없는 논을 샀대."

이렇게 말도 안 되는 말이 죽 이어지다가 끝에 가서는 "무엇이 동동 떠 있기에 가만히 보니 그게 다 거짓말이더란다." 하여 웃음을 자아내는 것이다.

이런 이야기도 있다. 살림깨나 있는 백성이 고을 원한테서 억지 영을 받았다. 말인즉 "낮도 아니고 밤도 아닌 날에 옷도 아닌 옷을 입고 말도 아닌 말을 타고 선물도 아닌 선물을 가지고 오너라."는 것이었다. 백성이 걱정하다 드러눕자 나이 어린 딸이 좋은 수를 가르쳐 주었다. 백성은 그다음 날 딸이 가르쳐 준 대로 홑이불을 걸치고 당나귀를 타고 참새 한 마리를 소매 속에 넣어 저물녘에 고을 원

앞에 갔다. 낮은 다 가고 밤은 오지 않았으니 낮도 아니고 밤도 아닌 날이요, 홑이불을 걸쳤으니 옷도 아닌 옷이요, 당나귀를 타고 왔으니 말도 아닌 말이요, 참새는 내놓자마자 포르르 날아가 버리니 선물도 아닌 선물이라는 것이다. 이것은 말도 안 되는 영을 말이 되게 바꿔 놓은 슬기라 할 만하다.

이런 것은 다 이치에 안 맞고 앞뒤가 안 맞긴 하지만, 하는 사람도 듣는 사람도 그렇다는 걸 알면서 하는 경우다. 말이 안 되지만 무슨 뜻인지는 다 알고, 미묘한 느낌을 즐기려고, 또는 일부러 재미있으라고, 아니면 상대의 억지를 뛰어넘으려고 하는 말이다. 그러니 애교로 봐줄지언정 여기에 대고 딴죽을 걸 수는 없다.

하지만 누군가 자기 잘못을 감추기 위해 앞뒤 안 맞는 말을 만들어 쓴다면? 그리고 그걸 대놓고 자랑삼거나 옳은 말이라고 우겨 댄다면? 이를테면 어떤 도둑이 있어, 자기는 강도짓을 하긴 했지만 남보다 폭력을 좀 덜 썼다고 '비폭력'이라 자랑한다면? 해코지도 조금밖에 안 하고 돈도 조금밖에 안 빼앗았다고 해서 '비폭력 강도'라고 주장한다면 어떨까? 정신이 똑바로 박힌 사람이라면 다들 기막혀서 말도 안 나올 것이다.

그런데 그런 말을 하는 멀쩡한 사람들이 실제로 있다. 우선 몇 해 전 러시아에서 일어난 일로, 높은 벼슬아치가 텔레비전에 나와 '친환경 폭탄'이라는 말을 했다고 한다. 사연인즉, 그때 러시아에서 새로 만들어 낸 폭탄이 핵무기와 맞먹는 힘을 가지고도 방사능을 내보내지 않아 '친환경적'이며 그래서 인류에게 더 '유익한' 폭탄이라고 말했다는 것이다. 세상에, 사람을 죽이는 폭탄이 '친환경'이라니! 그 놀라운 말재주에 혀를 내두를 수밖에 없다. (여기서 혹시 우리는 그 뻔뻔스러움에 질린 나머지 그 폭탄보다 진짜로 더 나쁜 폭탄, 이를테면 핵무기 같은 게 있다는 것을 잠깐이라도 잊어서는 안 되겠다.)

미국 같은 큰 나라에서 작은 나라에 쳐들어가 이른바 '질서를 유지'한다는 군대를 일러 '평화유지군'이라 하더라. 나는 맨 처음 이 말을 들을 때 누가 우스개로 지어낸 말인 줄 알았다. 평화를 이루기 위해 군대를 보내 폭력을 쓰겠다니 그게 말이 되는가? 이쯤 되면 이치에 맞고 안 맞고를 따지기에 앞서 그 뻔뻔스러움에 그만 기가 질린다. 자기네가 휘두르는 폭력만 정당하다는 오만 앞에서는 아무리 이치를 앞세우는 말도 소용이 없다.

우리나라에서도 그와 비슷한 일은 종종 일어난다. 다들 알다시피 오래전 권위주의 정부 시절 국회에서 언론법인가 하는 것이 '날치기'로 통과됐는데, 이 일을 두고 헌법재판소라는 곳에서 '불법으로 만들었지만 법은 유효하다'는 취지로 판결을 했다더라. 이를 두고 누리꾼들 비꼬기가 봇물을 이뤘지. '술은 마셨지만 음주는 아니다, 사람을 때렸지만 폭력은 아니다'와 같은 댓글놀이가 인터넷을 달구지 않았나. 이 판결이 놀림을 받은 까닭은 앞뒤가 맞지 않기 때문이다. 앞뒤가 맞지 않는 말이면 우스개처럼, 적어도 좀 무안해하며 말하는 게 제격이건만 너무나도 정색을 하고 점잖게 내놓으니 놀림감이 되는 것이다.

또 한때 유행처럼 떠돌았던 '녹색성장'이나 '녹색개발'은 또 어떤가? 나 같은 어리보기가 생각해도 성장이나 개발은 도무지 녹색이 아니다. 푸른 것이 아니라 푸르스름한 것, 아니 푸르다가 만 것 언저리에도 못 가는 것이 성장과 개발이 아닌가.

'강 살리기'라는 말도 그렇다. 강바닥을 파내고 강둑에 돌가루를 입히면 강은 죽는다. 흐르는 물은 가만히 두어야 산다. 이건 초등학생도 다 안다. 그런데 강바닥 파헤치고 콘크리트 둑 만들어 물을 가두는 걸 두고 강 살리기라니 이게 무슨 말인가. 만약에 '강을 죽이긴 하되 될 수 있는 대로 덜 더럽히면서 천천히 죽이겠다'는 뜻으로 그런 말을 했다면, 그건 '비폭력 강도'나 '친환경 폭탄'보다 나을 게 없다.

'서민을 위한 감세'도 마찬가지다. 본디 가진 게 없는 서민은 세금을 조금 낼 수 밖에 없다. 그러니 '감세'를 하면 가진 게 많아 세금을 많이 내는 부자들이 득을 본다. 중학생쯤만 돼도 다 아는 이치다. 어쨌든 서민도 세금을 조금은 덜 내게 될 것이니 그런 말을 할수도 있지 않느냐고? 10원을 덜 내고 100원어치 혜택을 포기해야한다는 걸 숨긴다면 그럴 수도 있겠지. 하지만 그건 잔꾀요 속임수에 지나지 않는다.

이 같은 앞뒤 안 맞는 말들은 일부러 사실을 감추려고, 또는 본모습을 흐리려고 억지로 만든 것이다. 그래서 그 본바탕이 속임수이며 거짓말이다. 그러면서도 거짓이 아닌 척하기 때문에 대놓고 하는 거짓말보다 더 나쁘다. 사람끼리 지킬 최소한의 약속인 말뜻을 마구 허물어 드디어 모든 말을 믿지 못할 말로 만들어 버리고, 끝내 사람끼리 지녀야 할 한 조각 믿음마저 깔아뭉개 버리기에 더 그렇다.

콩으로 메주를 쑨대도 못 믿을 말

거짓말의 등급

텔레비전과 신문에 자주 나오는 정치인들 보면 참 놀랍다. 어쩌면 거짓말을 저리도 태연스레 잘 할까. 어제 다르고 오늘 다른 말도 아무렇지 않게 하고, 금방 들통날 거짓말도 예사로 한다. 짐작건대 정치인들은 몸속 세포가 여느 사람들과는 다른 것 같다. 누구나 거짓말을 어느 만큼은 하면서 산다지만, 저쯤 되면 거의 '불가사의'에 가깝다고 해야겠다.

거짓말은 아닌 것을 긴 것처럼, 또는 긴 것을 아닌 것처럼 하는 말이다. 작은 말은 '가짓말'이요 뜻 같고 소리 다른 말로는 '거짓부리'랑 '거짓부렁이'가 있다. 사투리로는 '그지깔, 도삽, 겁소리' 같은 말도 있다.

거짓 아닌 말은 '참말' 또는 '정말'이다. 긴 것을 기다 하고 아닌 것을 아니다 하는 말이니 당연한 것 같지만 때로는 용감한 사람만이 할 수 있다. '바른말'은 '옳은 말'이나 '입바른 말'과 함께 용기 내어 하는 참말이다. 으름장과 구슬림에 꺾이지 않고, 때로는 목숨까지 바쳐 가며 하는 참말이니 존경받아 마땅하다.

거짓말과 비슷한 말로는 '헛말'과 '빈말' 그리고 '딴말'이 있다. 헛말은 허투루 내뱉는 얼토당토않은 말, 빈말은 마음에도 없는 괜한 말, 딴말은 부러 딴청 피우는 말을 가리킨다. '허튼소리'는 함부로 지껄이는 싱거운 말이요 '흰소리'는 희떱게 떠벌리는 말이다. 다 참되지 못한 말이니 거짓말에 든다.

사실을 지나치게 부풀려 믿음성 없게 하는 말은 '허풍'이다. 다른 말로는 '뻥' 또는 '뻥짜'가 있다. 크게 허풍 치는 것을 일러 '뻥친다'거나 '뻥깐다'고 하는데, 어엿이 국어사전에도 올라 있는 표준말이다. 뻥을 잘 치는 사람은 당연히 '뻥쟁이'다.

거짓말에 얽힌 옛말도 많다. 그 가운데 '한 입으로 두말한다'는 이랬다저랬다 하는 사람을 썩 그럴듯하게 비꼰 옛말이다. 거짓말도 자꾸 하면 버릇이 돼서 나중에는 믿음을 아주 잃어버리게 된다. 마치 이솝우화에 나오는 '양치기 소년'처럼 말이다. '콩으로 메주를 쑨대도 못 믿는다'는 말은 그래서 나왔다. 거꾸로 참된 마음과 말이 몸에 배면 믿음이 쌓여 남들이 '콩을 팥이라 해도 곧이듣는다'.

가만히 보면 거짓말에도 등급이 있다. 가장 높은 급으로는 '착한 거짓말'이 있는데, 이를테면 가난한 집 어머니가 아이들에게만 밥 주고 자기는 굶으면서 '나는 배부르다'고 하는 말 따위다. 착하다고 할 수는 없지만 결코 나무랄 수 없는 것으로 '마땅한 거짓말'도 있다. 이를테면 옛이야기에서 호랑이 만난 토끼가 자기 목숨 살리려고 하는 거짓말 따위다.

좋다고도 나쁘다고도 할 수 없는 것으로 '웃자고 하는 거짓말'도 있다. 이를테면 "옛날 옛적 눈 없는 포수가 나무 없는 산에 가서 살 없는 활로 발 없는 노루를 잡아……" 같은 말놀이가 그것이다. 처음부터 말하는 사람이나 듣는 사람이나 사실 아닌 줄 알고 하니 나쁠 건 없다.

이런 몇 가지 별것을 빼면 다 '나쁜 거짓말'이다. 처음부터 남을 속이려고 마음먹었건 어쩌다 보니 남을 속이게 됐건 나쁘긴 마찬가지다. 아무리 변명해도 나쁜 건 나쁜 거다. 그런데 이 나쁜 거짓말에도 등급이 있다.

내 어릴 적 이야기를 좀 하겠다. 손재주 있는 외사촌 형이 어느 날 내게, 그때로는 귀하디 귀한 라디오를 만들어 주겠노라 약속했다. 가슴 두근거리며 겨우내 기다렸지만 끝내 라디오는 내 손에 들어오지 않았다. 알고 보니 형은 오래전에 그 약속을 까마득히 잊고 있었다. 몇 달 동안 조바심치며 기다린 대가치고는 참 허망하지만, 이 경우 형의 거짓말은 본뜻이 아닌 것이니 '봐줄 만하다'.

한번은 기찻길 옆을 지나다가 철길 고치는 어른에게 그리로 가도 되느냐고 물은 적이 있다. 어른이 선뜻 허락하면서 가까이 오면 구경시켜 주겠다기에 달려갔더니, 돌아온 건 호된 꾸지람과 머리통에 먹이는 알밤이었다. 이 경우 어른의 거짓말은 명백한 속임수이니 아무리 그럴듯한 명분을 둘러대도 '봐주기 어렵다'.

또 한번은 언덕길에서 만난 '아이스께끼' 장수가 자전거를 밀어주면 돈을 주겠다고 해서 땀을 뻘뻘 흘리며 밀어 준 적이 있다. 그런데 언덕 꼭대기에 오르자 장수가 오리발을 내미는 게 아닌가. 약속을 지킬 것을 요구하는 나에게 그이는 돈을 주는 대신 주먹질을 했다. 이건 처음부터 제 욕심 차리려고 순진한 아이를 속인 데다가 그걸 따지는 아이에게 폭력까지 휘둘렀으니 '아주 나쁘다'. 어쨌든 그 뒤로부터 나는 어른 말을 믿지 않게 됐다.

이런 나쁜 거짓말과 닮은 것이 바로 '정치판 거짓말'이다. 국민을 대신해서 나랏일 본다는 사람이 만백성을 상대로 하는 거짓말이어서 그 해로움은 말도 못하게 크다. 이런 거짓말은 여느 거짓말과 표나게 다른 점이 있다. 첫째, 처음부터 대중을 속이려는 목적으로 교묘하게 분칠해 내놓는다. 둘째, 세상 사람들이 다 알아차릴 때까지 거짓이 아니라고 우긴다. 셋째, 들통나도 부끄러워할 줄 모르고 오히려 큰소리치거나 남에게 허물을 뒤집어씌운다. 넷째, 거짓말을 믿고 약속 지키기를 바라는 사람들을 되레 윽박지르고 괴롭힌다. 마치 도둑이 되레 몽둥이 들고 덤비는 꼴인데, 이런 꼴은 정치판 말고는 깡패들한테서나 볼 수 있다.

나쁜 거짓말 가운데는 또 이른바 '가짜뉴스'가 있다. 이것은 처음부터 대중을 속일 목적으로 사실을 비틀고 색칠해서 내놓는 것이므로 아주 위험하다. 이런 거짓말일수록 사실처럼 보이게 하려고 거짓 통계를 든다든지 교묘하게 짜깁기한 영상을 내놓는다. 그래서 여간 주의해서 보지 않으면 속기 쉽다. 그 까닭일까. 요새는 어떤 소식이 사실인지 아닌지를 가리는 사실 확인(팩트 체크)이 유행이다. 무슨 소식이 들릴 때마다 그게 참말인지 아닌지를 따져 봐야 하다니, 아이고 참, 요새는 국민 노릇 하기도 어렵구나.

딴은, 힘센 사람들이 거짓말을 밥 먹듯 하는 건 우리나라뿐 아닌가 보더라. 나도 들은 얘기지만 저 유럽 북쪽 커다란 얼음 섬 이름이 '그린란드', 우리말로는 '푸른 땅'인데 그게 그 나라 권력자들이 백성들을 억지로 이사 시키면서 둘러댄 거짓말이라나. 얼음에 뒤덮인 춥고 메마른 땅에 눈썹 하나 까딱 않고 그런 이름을 붙이다니, 거짓말 대회가 있다면 일등감이겠다.

옛말에 거짓말하는 입에는 똥을 먹인다 했다. 똥을 먹이려면 내 손도 더러워져야 하니 그만두고, 정치판 거짓말쟁이들에게 이 말이나 들려줄까 보다. 너무 많이 알려진 말이어서 새삼스럽게 들먹이기가 쑥스럽고, 또 그 사람들이 이런 말에 귀나 기울일지 몹시 의심스럽긴 하지만 말이다.

"한 사람을 영원히 속이거나 만 사람을 잠깐 동안 속일 수는 있어도 만 사람을 영원히 속일 수는 없다."

당신들의 선진과 일류
다툼 부추기고 차례 매기는 말

살다 보니 별일도 다 본다. 얼마 전에 신문을 보니 '재계'의 어떤 높은 사람이 이렇게 말했단다. "유연화된 노동제도로 선진형 노사관계를 구축해야 한다." 언뜻 들으면 그럴듯해 뵈는데, 따지고 보면 '노동자 해고를 쉽게 하는 것이 앞서가는(선진형) 노사관계'라는 뜻이다. 세상에! 그런 줄 몰랐다. 일터에서 일꾼들을 밥 먹듯 내쫓는 것이 '선진'인 줄을.

오래된 일이긴 한데, 옛날 권위주의 정부 시절 교육부에서 '학교문화 선진화 방안'이란 걸 내놓은 적이 있다. 학교문화를 앞서가게 한다니 뭔가 했는데, 알고 봤더니 '간접체벌을 허용'하고 '학생 인권을 교장이 제한할 수 있게' 한다는 거였다. 참 별일이다. 아이들 뻥뻥이 돌리고 권리 빼앗는 게 선진이라고? 그러면 아이들 안 때리고 권리 존중해 주는 건 '후진'이란 말이냐?

언제부터인지 이 나라 기득권자들은 '선진'과 '선진화' 같은 말을 입에 달고 살던데, 암만 들어 봐도 그게 왜 앞서가는 건지는 도무지 모르겠으니 답답하다. 누가 좀 가르쳐 줬으면 좋겠다. 왜 일터에서 사람 내쫓는 게 선진이며 어린아이들 권리 빼앗는 게 선진화인지를.

아무튼 선진이 있으면 후진이 있기에 이런 말은 차례를 매길 때 쓰는 것이다. 이 말 앞에서 함께하기(연대) 같은 건 애당초 발붙일 곳이 없다. 오직 앞서거나 뒤떨어지거나, 두 가지가 있을 뿐이다. 그리고 이 경우 뒤떨어진다는 건 곧 실패를 뜻한다. 그러니까 누구든지 '낙오'되지 않으려면 기를 쓰고 남과 다투는 수밖에 없다.

'선진국'과 '후진국'도 이런 발상에서 나온 말이다. 어떤 나라를 선진국이라고 하느냐 하면, 대개 돈 많고 힘센 나라를 그렇게 말한다. 남의 것을 빼앗았든지 어쨌든지, 가난뱅이와 부자 벌이가 하늘 땅 차이든지 말든지, 아무려나 '일인당 국민소득'이 높으면 선진국이다. 또 무기가 많고 군대 힘이 세면 선진국이다. 한마디로 돈 많고 싸움 잘 하는 나라가 선진국이란 얘기다.

선진국이니 후진국이니 하는 말을 누가 만들었을까? 두말할 나위도 없이 이른바 선진국 사람들이 만들었다. 그 사람들이 후진국이라고 깔보는 나라 사람들은 죄도 없이 얼결에 그만 '미개인'이 돼 버린 셈인데, 굳이 죄를 찾자면 싸움 못 한 죄밖에 없다. 평화롭게 어울려 사는 사람들 앞에 느닷없이 총 든 선진국 사람들이 나타나 땅과 주권을 빼앗고 자기네 문화와 종교를 강요하며 하는 말이 "너희들은 후진국 백성들이니 정신 차리고 우리 것을 따라 배워라." 이런다. 그러니 배알이 조금이라도 남아 있는 사람이라면 이런 말 듣고 "예, 알겠습니다." 하는 대신 이렇게 중얼거릴 만도 하다. "그런 선진국이라면 너희나 많이 해라. 우리는 그냥 후진국 백성으로 살란다."

사람이든 나라든 앞서가려면 남을 제쳐야 한다. 남의 처지를 헤아리거나 동정해서는 안 되며, 남을 도와줘서는 더구나 안 된다. 그러다 보면 주춤거리게 되고 영영 남을 앞설 수 없기 때문이다. 남이야 죽든 말든 앞을 보고 내달려야 한다. 도덕과 양심 따위는 거추장스러운 것이다. 무조건 싸워 이기는 게 장땡이다. 이것이 선진에 숨은 뜻이란 말인가? 섬뜩하다.

기득권자들이 걸핏하면 입에 올리는 말로 '일류'라는 것도 있다. 요새는 덜하지만 옛날 권위주의 정부 때는 신문방송에서 '일류 국가'니 '일류 사회'니 '일류 기업'이니 하는 말을 한마디도 안 보고 안 듣고 하루를 나기란 쉽지 않았다. 그래서 어느 모로 보나 일류 못 되는 나 같은 무지렁이 백성은 '나라 평균' 깎아먹는 것 같아서 괜히 미안하고 주눅이 들었던 것인데, 아무튼 '일류'가 있으면 '이류'와 '삼류'도 있게 마련이니 이것도 차례 매기는 말이다.

일류라고 하면 뭔가 대단하고 훌륭한 걸 가리키는 말 같다. 그런데 좀 이상하다. 이른바 '일류 대학교'가 무엇인가? 공부 잘 가르치고 연구 잘 하는 학교가 아니다. 그럼 어떤 학교냐? 시험 잘 본 학생들이 들어가는 학교다. 이 나라 대학교라고 하는 것이 시험점수 차례로 학생들을 한 줄로 세운 다음 앞에서부터 차례로 끊어서 데려가는데, 가장 앞서 끊어 먹는 학교가 바로 일류 대학교다. 공부를 잘 가르치고 연구를 잘 하고 어쩌고 그런 것과는 아무 상관 없다.

일류 회사니 일류 기업이니 하는 것도 마찬가지다. 딴 게 없다. 간단히 말해 남과 싸워서 이기면 일류가 되고 지면 이류, 삼류가 된다. 당신이 정말로 일류가 되고 싶은가? 그렇다면 잘 싸워야 한다. 그래서 이겨야 한다. 남을 짓밟든 속임수를 쓰든 그런 건 아무래도 좋다. 한마디로 욕심 많고 잘 싸우는 사람이 일류가 된다. 그래서 아직 따스한 가슴과 남을 위한 눈물이 조금이라도 남아 있는 사람이라면 일류 되려고 아등바등하는 대신 이렇게 중얼거릴 만도 하다. "그런 일류라면 너나 실컷 하세요. 나는 그냥 이류, 삼류로 삽니다."

이를테면 어떤 사람이 일류 대학교를 나와 일류 기업에 들어가 거나 일류 직업을 얻어 일류 생활을 하려 한다면? 일류 아파트에 살면서 일류 명품을 쓰고 일류 명사들을 사귀며 아이들을 일류 외 국인학교에 보내려 한다면? 그러면 어떻게 해야 할까? 아니, 다르 게 묻겠다. 어떤 사람이 돼야 할까? 남과 싸워서 늘 이기는 사람, '불의'는 참아도 '불이익'은 못 참는 사람, 남의 불행을 내 행복의 기 회로 여기는 사람, 힘센 편에 줄 잘 서는 것도 능력이라고 생각하는 사람이 돼야 하지 않을까? 끔찍한 일이다.

기득권자들이 좋아하는 말은 또 있다. '경쟁력'이라는 말이다. '국가 경쟁력'이니 '기술 경쟁력'이니 하는 말은 거의 고전이 되었 고, 요새는 '얼굴 경쟁력'과 '매력 경쟁력'까지 말이 되는 형편이니 말 그대로 '경쟁력 전성시대'라 할 만하다. 남과 다투는 걸 싫어하 는 사람들도 '자기와 경쟁'은 해야 한다고 말하는 판이니 더 무슨 말을 하랴.

그런데 참 이상하다. 경쟁력이란 말은 있는데 '협동력'이란 말은 없으니 말이다. 그러니까 남과 다투어 이기는 힘은 힘이고 남과 어 울려 사는 힘은 힘도 아니란 말인가? 그러고 보니 경쟁력 좋아하는 사람들은 그렇게 말할 것도 같다. "흥, 남과 어울리는 게 무슨 힘이 야? 그걸 누가 못 해? 남과 싸워 이기는 게 진짜 힘이지." 그런데 정말 그럴까? 나는 세상 물정 모르는 어리보기지만 그쯤은 안다. 진정한 힘은 남과 잘 어울리는 데서 나온다. 남을 이해하고 사랑하고 돕고 그 처지를 헤아리는 게 정말 큰 힘이다. 석가모니와 그리스도와 공자와 마호메트가 어디 싸움을 잘해서 성인인가?

어릴 적 우리 마을에는 '어르신'이 있었다. 촌장도 아니고 구장도 아니고, 감투 같은 건 아무것도 안 썼지만 마을사람들 모두 그분을 존경하고 따랐다. 조그만 다툼이라도 일어나면 사람들은 그 어르신을 찾아가 잘잘못을 가려 주기를 청했고, 그분 말이라면 무엇이든 순순히 받아들였으며 뒷말 같은 건 없었다. 몸집도 조그마하고 목소리도 나긋나긋한 그 어르신에게 무슨 경쟁력 따위가 있을 리 없었다. 있다면 남과 어울려 사는 슬기가 있을 뿐이었다.

그래서 나는 오늘도 신문방송을 칠갑하는 경쟁력 앞에서 이렇게 조그맣게 중얼거려 본다. "그런 좋은 경쟁력 당신들이나 많이 가져가게나. 나는 그냥 조그만 협동력이나 가지고 살라네."

위아래만 있고 옆은 없다
건달사회의 말

길에서 우연히 고등학교 동창생을 만났다. 그이는 어떤 정부 기관에서 일하고 있었는데, 동창생들 소식을 전해 주면서 이렇게 말했다. "아무개 알지? 그인 지금 내가 모시는 상관이야." 또 이런 말도 했다. "아무개는 내가 아무 데 있을 때 부하직원으로 데리고 있었지." 그러니까 자기보다 벼슬이 높으면 '모시는' 것이고 벼슬이 낮으면 '데리고' 있는 것이었다. 아무리 학교를 같이 다닌 동무라도 말이다. 그이와 헤어져 돌아오는 길에 곰곰 생각해 보니 아무래도 우리는 '건달사회'에 살고 있는 것 같다. 건달사회란 말이 마음에 안 들면 '병영사회'라고 해도 좋다.

알다시피 건달들에게는 동무가 없다. 오로지 '형님'과 '아우'가 있을 뿐이다. 형님은 나를 때리는 사람이요 아우는 나한테 맞는 사람이다. 군인들에게도 동무는 없다. 오로지 '상관'과 '부하'가 있을 뿐이다. 같은 병사끼리도 계급에 따라서, 하다못해 군대에 들어온 날짜를 따져 선임과 후임으로 차례를 두는 것이 병영사회다.

한번은 볼일이 있어 어떤 회사에 갔는데, 안내하는 이가 이렇게 말하더라. "사장님께서 기다리십니다. 사장님실로 가시지요." '사장님실'이 말법에 맞고 안 맞고를 따지기에 앞서 이렇게까지 높은 사람을 떠받들어야 하나 싶어 몹시 씁쓸한 마음이 들었다. 물어보진 않았지만 그 회사 사람들이 스스로 너무나 사장을 존경한 나머지 '사장실'로는 도저히 성에 안 차서 '사장님실'이라는 말을 지어낸 건 아닐 게다. 윗사람이 그렇게 말하라고 시켰거나, 적어도 그렇게 말하는 걸 좋아했음에 틀림이 없다.

명령과 복종으로 유지되는 수직사회일수록 말도 끄트머리로 치닫게 마련이다. 윗사람에게는 끝없는 공대가, 아랫사람에게는 막 가는 하대가 판을 치게 되는 것이다. 그러고 보니 그 회사 높은 사람들이 평사원들에게는 여느 때 어떤 말로 대하는지가 몹시 궁금해진다.

한때 이 나라에는 "각하, 시원하시겠습니다."라는 말이 사람들 입방아에 오르내린 적이 있다. 얘기인즉 독재정권 시절 대통령이 방귀를 뀌자 곁에 있던 장관인지 뭔지가 했다는 말이다. 아부하는 말 대회가 있다면 일등감이라 할 만한데, 권위와 허세에 가득 찬 사회일수록 이런 낯간지러운 말이 발달한다. 요새도 높은 사람이 내놓는 돈 봉투를 '금일봉'이라고 하는 사람이 있다. 이 말은 옛날 벼슬아치들이 아랫사람들에게 돈을 줄 때 얼마인지를 밝히지 않고 종이나 보자기에 싸서 준 데서 비롯된 것이다. 고귀한 사람이 주는 것이니 많고 적고를 따지지 말고 황송하게 받으라는 뜻인지는 모르겠지만, 이런 말이 요새 같은 민주사회에도 별 거부감 없이 쓰인다면 문제다.

옛날 권위주의 시대에는 '하사'라는 말도 심심찮게 썼다. 높은 사람이 주는 돈이나 물건에 그런 말을 붙였던 것이다. 어느 시골 마을에 대통령이 와서 뭘 주고 가면, 거기에 '아무개 대통령 각하 하사품'이라 써서 모셔 놓고 금이야 옥이야 떠받드는 일이 드물지 않았다. 알다시피 '하사'란 옛날 왕조시대 임금이 신하에게 선물을 내릴 때 쓰던 말이다. 따지고 보면 그 선물이란 것도 다 백성들이 피땀 흘려 만들어 바친 것이었지만, 그걸 받은 벼슬아치들은 '성은이 망극'한 줄만 알았지 백성 고마워할 줄은 몰랐다. 이런 버릇은 요새라고 해서 달라진 것도 아니다.

그런가 하면 '훈시'라는 말도 어렵지 않게 들을 수 있다. 이건 일제강점기부터 써 오던 말인데, 보통 높은 사람이 아랫사람에게 뭘 시키는 말을 가리킨다. 말뜻과 달리 친절하게 가르쳐 주고 보여 주기보다는 이래라저래라 잔소리하는 경우가 많다. 심할 때는 마구 화를 내어 호통을 칠 때도 있다. 하지만 아랫사람들은 언제나 그 훈시를 잘 받들어 모셔야 한다. 그래서 '훈시말씀'이라는 겹말까지 생겼다. "회장님의 훈시말씀이 계시겠습니다." 이쯤 되면 사람뿐 아니라 말까지 참 욕을 본다는 생각이 든다. 학교에서도 교장 선생님이 아이들에게 하는 말을 종종 '훈화'라고 하는데, 그냥 '이야기'라고 하는 편이 훨씬 좋을 것이다.

수직사회에서 윗사람은 언제나 지시하거나 훈시한다. 그리고 그 지시나 훈시는 별것 아닌 말이라도 요란하게 포장되어 떠받들려진다. 거기에 견주면 아랫사람이 하는 말은 참 초라하다. 언제나 '보고'하거나 '설명'하고, 기껏해야 '건의'할 뿐이다. 문득 미국 건달 영화 속 한 장면이 떠오른다. 졸개가 "두목, 제 생각에는……." 하고 말을 꺼내자 두목이 눈을 부라리며 호통을 친다. "누가 너더러 생각하랬냐? 넌 생각하지 말고 시키는 대로 행동만 하면 돼." 이것이 어찌 남의 나라 영화 속 장면이기만 할까?

다른 나라는 어떤지 모르지만 우리나라에는 곳곳에 '훈'이 참 많다. 회사에는 '사훈'이 있고 학교에는 '교훈'이 있으며 집에는 '가훈'이 있다. 이것이야말로 수직사회의 상징이라 할 만하다. 이런 건 대개 그 사회의 우두머리가 자기 마음대로 정해 놓고 나머지 사람들에게 덮어놓고 따를 것을 강요하는 것이다. 이를테면 회사에서 사훈을 정할 때 평사원들 의견을 묻는 일 따위는 거의 없다. 학교에서 교훈을 정할 때나 집에서 가훈을 정할 때도 마찬가지다. 집에서 온 식구가 의논해서 지킬 일을 정했다면, 그것은 가훈이라는 말보다 약속이라는 말이 더 어울린다.

위를 보고 굽실거리고 아래를 보고 주먹질하는 것만이 세상살이의 전부가 아니다. 건달들이라면 모를까, 보통사람들에게는 틀림없이 그렇다. 우리에게는 윗사람이나 아랫사람보다 더 많은 '옆사람'이 필요하다. 손잡고 어깨동무하고 서로 등을 두드려 줄 수 있는 이웃 말이다. 하지만 세상은 그것을 허락하지 않는 것 같다. 모든 사람을 한 줄로 세워 놓고, 강자에게 복종하며 약자를 억누르라고 요구하는 듯하다.

그래서 우리는 슬프다. 세상이 뒤틀리고 사나워지면서 말조차 그렇게 되었기 때문이다. 간드러지는 아부와 서슬 퍼런 을러댐은 차고 넘쳐도 옳고 그름을 밝히는 직언과 차분한 설득은 드물다. 요란하게 치장한 거짓말과 사나운 원망 소리는 많아도 가슴을 울리는 바른말과 따뜻한 사랑의 말은 적다. 이 틈에서 가장 먼저 상처받고 괴로워하는 이들은 다름 아닌 아이들이다.

난장맞을 멍청이 같으니라고!
상말과 욕의 두 얼굴

"네 이 화냥 쌍 간나이새끼! 만고 열녀 춘향에게 생무함 잡어내어 불측한 욕을 하니, 보았느냐? 들었느냐? 보았으면 눈을 빼고 들었으면 귀를 찢자."

판소리 춘향가 한 대목이다. 이몽룡이 암행어사 되어 남원으로 내려가는 길에, 들판에서 일하는 농부들에게 부러 춘향 험담을 해보았다가 들어 먹는 욕이다. 욕은 욕이되 듣기 좋은 욕이다. 그래서 소리꾼도 뒤에 '어사또 봉변은 허였으나 마음은 한없이 기쁜지라……' 하는 한마디를 보탠다.

욕처럼 점잖지 못한 말을 예로부터 '상말' 또는 '상소리'라고 했다. 쌍말, 쌍소리라고 하면 센말이 된다. '비어'나 '속어' 또는 두 말을 합친 '비속어'도 같은 말이다. 옛날 저잣거리 왈패들 노는 데에는 이런 말이 판을 쳤다. 요새라고 다를 바 없다. 이런 말은 대개 거칠고 아름답지 못해서 다들 멀리하고 꺼린다.

그런데 이 말이 생긴 내력을 들추어 보면 좀 생동맞다. 상말, 상소리 할 때 '상'이 어디에서 온 말 같은가? 여염 백성을 가리키는 '상사람(상민, 상것, 상놈)'에서 왔다. '상스럽다'는 말도 매한가지다. 양반들이 백성들을 업신여긴 나머지 점잖지 못한 것에는 모조리 '상'자를 붙여 낮추본 데서 비롯된 것이다.

'속어' 또는 '속되다' 할 때 '속'도 그 비슷한 말이다. 이 말은 처음에 '민간풍속답다'는 뜻으로 쓰였다. '속담'이나 속언 같은 말이 다 그렇다. 양반들 눈에는 백성들 풍속이 다 천하게 보였고, 그래서 천한 데는 모조리 '속'자를 붙여 업신여기다 보니 낮추보는 뜻이 들어가게 되었다. '속습'이니 '속물'이니 '속류'니 하는 말이 나온 내력이 이와 같다.

상말과 속어에는 이처럼 백성을 깔보는 편견이 숨어 있다. 그러고 보니 상말은 거의 다 토박이말이요 입말이다. 그럴 수밖에! 백성들은 누구나 토박이말 입말을 썼으니 말이다. 이를테면 '계집'은 토박이말 백성 말이요 '부인'은 한자말 양반 말인데, 계집은 천하고 부인은 고상해 뵌다. '집구석'과 '댁내', '아가리질'과 '언변'을 견줘 봐도 그렇다. 우리말이 천대받고 푸대접받은 내력이 이러하다.

어쨌거나 상말은 듣는 이에게 좋지 않은 느낌을 주므로 될 수 있는 대로 쓰지 말 일이다. 하지만 가만히 보면 상말이라고 해서 다 똑같은 건 아니다. 어떤 말은 상말이되 오히려 수수하고 참되어 정이 뚝뚝 묻어난다. 앞에서 본 것처럼 소리판에서 소리꾼이 내놓는 걸쭉한 군말도 그러하고, 친한 사이에 허물없이 내뱉는 욕지거리도 그러하다.

소리판 소리꾼들이 상말을 잘하는 건 이들의 핏줄이 백성(상사람)들에게 닿아 있기 때문이다. 소리판에 좌장 격으로 양반이 끼지 않는 건 아니지만, 구경꾼들 거의 다는 백성들이었다. 이들에게 점 잖은 문자는 가당치도 않았다. 걸쭉하고 시원한 상말이 제격이었다. 놀부를 욕할 때도 그저 '심술쟁이' 정도로는 성이 안 찼다. "이놈이 이리 심술이 많을진대 삼강을 아느냐 오륜을 아느냐, 이 난장맞을 놈의 자식이." 이쯤 돼야 구경꾼들 묵은 체증이 쑥 내려가는 것이다.

상말은 이렇듯 속을 푸는 구실을 할 뿐 아니라 더러는 정겨움의 표시가 되기도 한다. '욕쟁이 할머니' 얘기가 심심찮게 수다쟁이들 입방아에 오르내리는 것도 그 때문이다. 서먹한 사람 사이를 욕이 가깝게 만들어 주는 셈이다. 오죽하면 사람들이 욕을 들으러 일삼아 욕쟁이를 찾아가겠는가. 어릴 적부터 허물없이 지낸 동무들이 오랜만에 만나 점잖은 인사 대신 대뜸 욕 한마디 내놓는 것도 같은 이치다.

욕 이야기가 나왔으니 말인데, 우리나라 욕에는 좀 별난 데가 있다. 형벌에 얽힌 욕이 많다는 게 그것이다. 무엇이 못마땅할 때 혼잣소리로 내뱉는 '젠장' 또는 '넨장'은 '난장맞을'이라는 뜻이다. 난장이란 죄인의 몸 곳곳을 가리지 않고 함부로 마구 때리는 형벌이니, 나쁘기로 치면 과연 이보다 더 나쁘기 어렵겠다. '오라질(우라질)'은 오라를 진다는 뜻으로, 오라는 옛날 죄인을 묶을 때 쓴 밧줄이었다. '육시랄'은 육시를 한다는 뜻인데, 육시라고 하는 것은 죽은 사람 목을 베는 형벌이다. 듣기만 해도 끔찍하다. '주리를 틀' 같은 욕도 마찬가지로, 주리는 죄인의 두 다리 사이에 막대를 넣고 비트는 고문이었다.

형벌에 얽힌 욕이 많다는 건 그만큼 옛날 백성들이 형벌을 두려워했다는 뜻이리라. 우리나라 형벌은 거의 중국 것을 본떠 만들었는데, 야만스럽기로 말하면 세상에서 둘째가기 서러운 것들이 많다. 가만히 보면 예나 이제나 권력자들은 힘센 나라 것을 받아들일 때 꼭 좋은 것보다 나쁜 걸 먼저 받아들이더라. 형벌이란 게 정말로 나쁜 죄를 지은 사람보다 권력자 눈 밖에 난 사람한테 더 많이, 더 모질게 행해진 것도 예나 이제나 다르지 않다.

그렇다고 해서 상말이 다 봐줄 만한 것은 아니다. 결코 해서는 안 되는, 하면 할수록 자기 키를 낮추고 마음을 더럽히는 상말도 많다. 아니, 많은 정도가 아니라 그런 게 거의 다다. 그 가운데서도 남을 욕보이고 그 인격을 짓밟는, 그 식구와 동무를 욕되게 하는, 장애나 신체의 약점을 들먹이는 욕은 참으로 나쁘다. 문제는 이런 욕을 우리 아이들이 예사로 한다는 데 있다.

상말과 비슷한 것으로 '막말'이 있다. 본디 함부로 마구 지껄이는 말이란 뜻으로 썼으나, 요새는 흔히 정치판에서 상대를 욕보이는 말이란 뜻으로 자주 쓴다. 정치인들이 하는 막말이 보통사람들과 다른 점은, 처음부터 계산된 말이라는 데 있다. 보통사람들이 어쩌다 화가 나서 실수로 막말을 한다면, 정치인들은 애당초 대중을 선동하려는 속셈을 가지고 그러는 것이다. 그런 만큼 보통사람들 막말보다 더 나쁘다.

가만히 보면 상말과 욕이 기승을 부리는 곳이 따로 있다. 교도소와 건달사회, 그리고 군대와 학교가 그렇다. 이런 곳이 말하자면 상말과 욕이 태어나 자라는 온상이다. 왜 그럴까? 억압과 폭력, 그리고 경쟁과 차별이 일상화된 곳이어서 그렇다. 누구든지 심한 '스트레스'에 시달리다 보면 마음이 비뚤어지게 마련이다. 쌓이고 쌓인 불만은 삭일 곳을 찾지 못하고 상말과 욕에 실려 터져 나온다.

정말 슬픈 건 학교가 그 가운데 하나라는 거다. 교도소나 군대에도 억압과 폭력, 차별이 있어서는 안 되겠지만 학교는 정말로 그래서는 안 된다. 우리는 누구나 말한다. 학교는 사랑과 정성으로 사람다움을 가르치는 곳이라고. 그런데 그래야 할 학교에 왜 억압과 폭력, 차별이 춤추는 것일까? 아이들 숨통을 죄는 지나친 경쟁 때문이 아닐까?

요새는 조금씩 나아지고 있다지만, 아직도 많은 학교에서는 성적 차례로 아이들을 줄 세운다. 그 줄 속에서 한 걸음이라도 앞으로 나아가려고 몸부림치는 아이들이 자존감을 느끼기는 어렵다. '지면 끝장'이라는 위기감에 시달리기는 경쟁에서 진 아이나 이긴 아이나 마찬가지다.

이 숨 막히는 굴레 안에서 숨 못 쉬는 아이들이 쉽게 상말과 욕에 물드는 건 놀랄 일도 아니다. 아이들에게 상말과 욕은 쌓인 '스트레스'를 푸는 숨구멍인 셈이다. 우리가 정말로 걱정해야 할 건 그런 상말과 욕을 입에 달고 사는 아이들 마음이 비뚤어지는 건 시간 문제라는 거다.

그래서 우리 어른들은 죄인이다. 아이들 앞에서 죄인이다. 이 나쁜 틀을 고쳐 놓지 못하는 한, 나부터 죄인이다. 그래서 나는 상말로 욕을 퍼붓는다. 물론 나에게 하는 욕이다.

"제기, 이 난장맞을 멍청이 같으니라고. 나이는 똥구멍으로 처먹었니?"

아줌마를 위하여
차별을 부추기는 말

아니나 다를까, 먹고살기가 힘들어지니 일터에서 가장 먼저 '잘리는' 이들은 여성들이다. 그중에서도 '비정규직 여성 노동자'들은 요새 같은 불황에 직장에 붙어 있기가 쫓겨나기보다 더 어렵단다. 땅에 소나기가 쏟아지면 부드럽고 약한 흙이 가장 먼저 쓸려 나가는 것과 같은 이치다.

불경기니 뭐니 할 때마다 들리는 소리가 있다. "아빠, 힘내세요!" 그리고 후렴이 이어진다. "우리가 있잖아요!" 그러면서 '엄마'들과 '아이'들은 손으로 깜찍한 심장 모양을 그려 보인다. 이 '응원부대'에 다 큰 아들은 없다. 그러니까 '노동력'이 있는 남자들은 모두 일터로 가고, 그러지 못한 아이들과 일터에서 잘린 여자들은 응원이나 열심히 하란 소리다.

내가 이런 말을 하면 펄쩍 뛸 사람도 있을 것이다. "무슨 소리야? 요새만큼 여성들 사회 진출이 자유로운 적이 언제 있었다고? 이젠 되레 역차별을 걱정해야 할 판인걸. 당장 교사나 공무원 비율을 봐. 너무 '여성화'돼서 오히려 문제 아냐?"

그러고 보니 학교에 여자 선생님들이 너무 많아서 아이들 교육에 해롭다느니, 공무원을 뽑을 때 남자들에게 점수를 더 줘서 '성별 균형'을 맞춰야 한다느니 하는 소리도 들리더라. 세상 걱정하는 마음이야 고맙다마는 경우 바른 말이라고는 할 수 없다.

여성들이 교직이나 공무원직에 몰리는 까닭은 다른 곳에 문이 좁거나 굳게 잠겨 있기 때문이다. 다른 데선 아예 여성을 뽑지 않거나, 뽑아도 차 심부름만 시키다가 결혼하면 쫓아내니 어떡하란 말이냐. 그나마 차별이 덜하다는 공직에 목숨 걸고 몰려들 수밖에. 게다가 학교에 남자 교사들이 많을 때는 아무도 '남초' 현상이 심각하다고 걱정하지 않았다. 요새도 직장에 따라서는 여성이 아예 없거나 있어도 열에 한둘 있어서 '홍일점'이니 뭐니 하는 곳도 있지만 그걸 두고 시비 거는 사람은 보지 못했다. 그러니 '여초' 현상이니 뭐니 하는 건 억지거나 기우일 뿐이다.

요새는 좀 줄어든 것 같지만 한때는 '여류'란 말도 버젓이 떠돌았다. 이 말은 '여류명사, 여류화가, 여류시인'처럼 대개 신분이나 직업 앞에 붙여 썼다. 아실 테지만 이 말은 일제강점기에 들어왔으며, 옛날 가부장사회에서 남자들만 득시글대는 분야에 가뭄에 콩 나듯 여성이 섞여 있으면 '여자도 그런 일을 하다니 신기하다'는 뜻으로 붙여 준 것이다. 대접하는 말 같지만 사실은 차별하는 말이다. 여류는 있지만 '남류'는 없는 것을 보면 틀림없이 그렇다. 옛날에 남학생 다니는 학교는 그냥 '중학교'라 부르면서 여학생 다니는 학교만 별나게 '여자중학교'라 일컫던 것과 같은 이치다.

그러니까 여류라는 말속에는 이런 뜻이 들어 있다. "여자들은 집에서 밥이나 하고 빨래나 할 것이지만, 그중 '발칙한' 여자 한둘쯤 남자 일에 끼어드는 정도는 애교로 봐줄 수 있다. 하지만 모든 여자들이 다 그러는 건 용납할 수 없다." 이렇듯 여자들이 집안일 아닌 '바깥일'을 하는 것을 '불온'하게 본 눈길은 그 뿌리가 깊고도 단단하다.

한번은 아는 사람이 이런 말을 하더라.

"어떤 글에 보니 '가사노동'이라는 말에 어머니를 '비하'하는 뜻이 들어 있대요. 밥하고 빨래하고 아이 키우는 '신성한' 일을 두고 웬 '노동' 타령이냐고 하던걸요. 맞는 말 같기도 하고 아닌 것 같기도 하고, 아직도 헷갈려요."

나는 깜짝 놀라 그런 말에 속지 말라고 일러 주었다. 그런 말을 하는 사람 속셈은 뻔하다. 신성하다느니 아름답다느니 잔뜩 추어주면서 끝끝내 그 틀 안에 가두어 두려는 속셈이다. 전에 교사들이 노동조합을 만들자 벌떼처럼 일어나 나무라던 사람들 논리가 바로 그것이었다. "가르치는 일은 신성한 일이거늘, 어찌 교사가 노동자가 될 수 있단 말이냐?" 이렇게 '노동 비하'를 하는 사람들은 집안일과 학교일이 얼마나 힘든지 모른다. 오로지 약자들이 진실을 깨닫고 권리를 주장할까 봐 겁낼 뿐이다.

신사임당은 우리나라 사람이면 다 아는 '현모양처'다. 요새는 안 그렇겠지만, 한때는 현모양처가 거의 숭배 대상이 되기도 했다. 하도 떠받들어서 그런지 여자아이들 중에는 장래희망을 물으면 현모양처라고 대답하는 아이도 있었으니 말 다 했다.

이 숭고한 현모양처에 맞서는 말이 있으니 바로 '자유부인'이다. 아실지 모르지만 이 말은 몸가짐이 정숙하지 못한 여자를 가리켰다. 여자가 자유롭다는 건 곧 몹쓸 사람이라는 뜻인가? 그런데 참 이상하다. 현모양처를 그렇게 기리면서도 남자더러 '현부양부'라고 칭찬하는 말은 한 번도 들어 보지 못했다. 오히려 남자가 아이들 잘 키우고 아내 잘 보살피면 이런 지청구쯤 쉽게 듣지 않을까. "뭐야? 사내자식이."

남자는 장가를 가도 자기 집 식구로 남지만 여자가 시집을 가면

'출가외인'이 되는 것도 억울한 일이다. 남편 집은 '시댁'이라 하면서 아내 집은 그냥 '처가'라고 하는 것도 마찬가지다. 이렇듯 우리가 무심코 쓰는 말에는 여자를 낮추보는 생각이 곳곳에 숨어 있다. '남녀'부터 시작해서 '부모, 자녀, 아들딸, 소년소녀, 선남선녀'에 이르기까지, 보기를 들자면 끝도 없다. 그래서 어떤 이들은 '부모' 대신에 '양친'을, '자녀' 대신에 '자식(아이)'을 두루 쓰자고 주장하는데 그럴듯한 제안이다. 뭐 그렇게까지 까다롭게 굴 것 있느냐고 하는 사람도 있겠지만, 말은 생각을 담는 그릇이자 생각을 지배하고 조종하기도 하니 어쨌든 조심해야 한다.

전에 아이들이 부르던 노래에 이런 것이 있었다. "너도 나도 씩씩하게 어서 자라서 새 나라의 기둥 되자 우리 어린이. 너도 나도 곱게 곱게 어서 피어서 새 나라의 꽃이 되자 대한 어린이." 못 박아 놓진 않았지만 들어보면 누구든지 앞 구절은 남자아이 몫이고 뒤 구절은 여자아이 몫이라는 걸 알아차릴 것이다.

그러니까 '씩씩하게' 자라서 '나라의 기둥'이 되는 건 남자아이가 할 일이요, '곱게 곱게' 자라서 '나라의 꽃'이 되는 건 여자아이가 할 일이라는 거다. 이런 틀은 여자아이뿐 아니라 남자아이까지도 억압한다. 씩씩한 여자아이가 자기 용기를 부끄러워하듯 부드러운 남자아이는 자기 섬세함을 숨겨야 하니 말이다.

우리나라에서 '아줌마'라는 말은 좋은 뜻으로 쓰지 않는다. 말하자면 '음식점에서 떼를 지어 큰 소리로 웃고 떠들며 지하철에서 자리 쟁탈전을 벌이는 뻔뻔스러운 여성, 촌스럽게 화장한 얼굴과 문신한 눈썹과 뚱뚱한 몸에 나이 든 추레한 여성, 창피함을 모르고 물건 값을 깎아 대며 시장에서 악다구니를 써 대는 여성'을 가리키는 말이다.(정희진,《페미니즘의 도전》)

요새 여자들 몸이 '규격화'되고 '상품화'되면서 처녀들은 참 살기 힘들게 됐다. 마치 그리스신화에 나오는 '프로크루스테스의 침대'처럼, 정해진 옷 치수에 자기 몸을 맞추려고 끼니까지 굶어야 하니 말이다. 그것이 자본의 몸종 되는 길임을 뻔히 알면서도 남에게 뒤지지 않으려고 어쩔 수 없이 그 미친바람에 휩쓸려 가는 이 땅의 가엾은 처녀들! 거기에 견주면 아줌마들은 남의 눈치 안 봐서 오히려 당당해 보인다. 대한민국 씩씩한 아줌마 만세!

공밥, 두레밥

밥에 얽힌 이런 말 저런 말

이런 옛이야기가 있다. 어느 마을에 길손이 나타났다. 길손은 마을에서 가장 큰 기와집에 가서 밥 한 그릇을 청했다. 집주인은 먹다 남은 쉰밥을 내주었다. 그다음에 길손은 마을에서 가장 작은 초가집을 찾아가 똑같은 청을 했다. 집주인은 제사에 쓰려고 간수해 놓던 쌀로 더운밥을 지어 대접을 했다. 길손이 떠난 뒤 기와집 주인은 망하고 초가집 주인은 부자가 됐다.

흔하고 뻔한 이야기라고? 그렇다. 하지만 이 이야기에는 흘려 버릴 수 없는 대목이 하나 있다. 기와집 주인이 벌을 받은 까닭은 손님에게 쉰밥을 '주었기' 때문이다. 밥을 안 준 게 아니라 주긴 주었다. 다만 그 밥이 새로 지은 더운밥이 아니라 먹다 남은 식어 빠진 쉰밥이어서 죄가 됐다. 그게 뭐 어쨌단 말이냐고? 옛사람들은 손님에게 밥을 '안 주는' 일은 상상조차 못 했다는 얘기다.

내가 어렸을 때만 해도 집에 손님이 들면 반드시 밥을 내놓았다. 손님이 누구든, 때가 언제든 상관없었다. 멀리서 온 친척 친지는 말할 것도 없고, 지나다 들른 이웃마을 할머니건 심부름 온 옆집 아이건 그릇 팔러 온 도붓장수건, 심지어 얻어먹으러 온 사람에게도 기꺼이 밥을 대접했다. 이렇듯 옛사람들에게 밥은 곧 삶이었다.

그러다 보니 밥에 얽힌 말도 여럿 생겼다. 밥그릇 위로 수북이 올라오도록 많이 담아 내놓는 밥은 '고봉밥'이라 했다. '감투밥'과 '높은밥'도 같은 말이다. 옛날엔 밥이 귀했으니 이렇듯 인정이 철철 넘치게 많이 담는 것이 곧 큰 대접이었다. 이런 밥은 귀한 손님에게나 대접했다. 또 집안에 큰일을 할 때나 두렛일을 할 때 일꾼들에게도 고봉밥을 담아 주었다.

이렇게 잘 차려 먹는 밥은 대개 '이밥' 또는 '흰밥'이요 '더운밥'이었다. 이밥과 흰밥은 둘 다 보리나 조 같은 다른 곡식이 섞이지 않은 하얀 쌀밥을 가리키는 말이다. 요새야 현미밥이니 오곡밥이니 해서 여러 곡식을 섞어 지은 밥을 별미로 치지만, 옛날에는 윤기 자르르 흐르는 쌀밥만큼 좋은 밥이 없었다.

밥에는 좋은 밥만 있는 게 아니었다. 눈물 나게 서러운 밥도 있었다. '공밥'은 공으로 얻어먹는 밥으로, 이런 걸 얻어먹으려면 적잖이 눈치깨나 봐야 했다. 그래서 '눈칫밥'이란 말도 생겼다. '뚜껑밥'은 밥그릇 밑바닥에 뚜껑을 깔고 담아 주는 밥이다. 그래서 겉으로는 고봉밥처럼 보이지만 실속은 없다. 밉거나 귀찮은 사람에게 이런 밥을 주었을 법하다.

'구메밥'은 개구멍 같은 데로 넣어 주는 밥으로, 주로 갇힌 사람들이 이런 밥을 얻어먹었다. 옥에 갇힌 죄인뿐 아니라 '자유연애'를 꿈꾼 양반집 처녀도 뒷방에 갇혀 구메밥을 얻어먹었다. 그래서 이런 밥은 대개 '찬밥'이요 '눈물밥'이다.

이런 외롭고 서러운 밥을 빼면, 웬만해서는 혼자 먹지 않는 것이 밥이다. 밥 먹을 땐 모두가 둘러앉아 함께 먹는다. 식구끼리건 동무끼리건 이웃끼리건 남남끼리건, 친한 사람이건 서먹한 사람이건 아는 사람이건 낯선 사람이건 관계없다. 이밥이건 꽁보리밥이건 반찬이 있건 없건 그런 것도 상관없다. 많으면 많은 대로 적으면 적은 대로 나눠 먹는다.

우리나라 백성들 밥 인심이 이러하다. 다른 건 몰라도 밥만은 나누며 살아왔다. 같은 땅에서 난 것이요 같은 하늘 아래에서 자란 것이니 내 것 네 것을 따지지 말자는 뜻이었을까? 밥은 목숨을 살리는 것이요 목숨에는 중하고 헐함이 없으니 밥 앞에서 귀함도 천함도 따지지 말자는 뜻이었을까? 어쨌든 밥 앞에서는 모두가 평등했다. 밥을 두고 충하를 따지는 이가 있으면 그런 사람은 사람 축에도 못 꼈다.

세상이 메말라져서 이제 그런 넉넉한 인심은 보기 힘들어졌다고 하지만, 그래도 밥은 나누는 것이다. 요새라고 밥이 갑자기 똥이 된 것도 아니요, 사람이 갑자기 괴물이 된 것도 아니다. 아직도 우리는 집에서나 일터에서 밥때가 되면 흩어졌다가도 모이고 챙겨뒀던 것도 나눈다. 다른 건 몰라도 밥 가지고는 너무 박절하게 굴지 않는다. 그건 사람 도리가 아니니까.

그런데 이상하다. 어떤 사람들 눈엔 안 그런가 보다. 밥 나누어 먹자는 걸 가지고, 그것도 어린아이들 밥 먹이는 일을 두고 몹시 박절하게 구는 걸 보면……. 무슨 말이냐고? '무상급식' 이야기다. 오래전 일이긴 하다마는, 학교 무상급식 이야기가 처음 나왔을 때 몇몇 '높은 사람'들과 '있는 사람'들이 그러지 않았던가? 별별 소리가 다 나왔지만, 간추려 보면 그 말이란 게 대강 이랬다.

"아이들한테 공밥 먹이다가 나라 살림 거덜 난다."

"부잣집 아이들까지 왜 공짜로 밥 먹이냐?"

"아이들한테 공밥 먹이면 공짜 좋아하는 버릇 생긴다."

어린아이들 밥 먹이는 일을 두고 그 야단들을 했으니 안 할 말로 참 치사해 뵌다마는 마냥 웃어넘길 일만은 아니다. 무슨 말이든 목소리가 크면 귀가 쏠리는 법이니까. 지금 멀쩡하게 여의도 광화문에 얼굴 내밀고 다니는 정치인들과 신문 경제면에 대문짝만하게 나오는 부자들 가운데 많은 이들이 정색을 하고 저런 소리를 했으니까.

한번 생각해 보자. 이를테면 옛날 농촌에서는 농사철이 되면 온 마을 사람들이 함께 모여 두렛일을 했다. 이때 사람들은 커다란 솥에 밥을 지어 함께 나누어 먹었다. 그것이 '두레밥'이다. 그렇게 두레밥을 먹을 때, 동네에서 살림깨나 가진 부자가 있어 남과 똑같이 하기가 켕기면 어떻게 했을까? 그 사람만 따로 돈을 내고 밥을 사 먹었을까, 아니면 추렴할 때 아예 곡식을 조금 더 냈을까? 당연히 곡식을 더 냈다. 다시 말해 '내는' 걸 달리하고 '먹는' 건 같이한 것이다.

부잣집 아이한테까지 왜 공밥 먹이느냐고 시비 걸 게 아니라 부자들한테 세금을 더 걷어야 하는 까닭이 여기에 있다. 이치는 간단하다. 세금 내는 걸 달리하고 밥은 똑같이 나누면 된다. 그게 세금 비슷하게 내고 밥 먹는 데 층하 두는 것보다 백배 더 옳은 일이다. 이건 어려울 것도 복잡할 것도 없는 상식이며, 실제로 많은 나라에서 그렇게 하고 있다. 그런데도 이 나라 부자들은 세금 덜 내려고 그렇게 아등바등하면서 자기 집 아이 공밥 먹는 건 자존심 상한다고 그 난리를 쳤다. 도무지 말이 안 되는 억지다.

사실은 그 공밥이라는 말부터가 틀렸다. 우리 아이들이 먹는 밥은 공밥이 아니다. 공밥이란 임자가 따로 있어 눈치를 보며 얻어먹는 밥이다. 아이들 먹는 밥이 누구 것인가? 처음부터 함께 장만하고 함께 나누는 것이다. 우리가 십시일반 낸 돈(세금)으로 밥을 해서 우리 아이들이 골고루 나누어 먹는 것이다. 그러니 이건 공밥이 아니라 두레밥이다.

거듭 말하지만 밥은 똑같이 나누어야 한다. 부자든 가난뱅이든, 잘난 사람이든 못난 사람이든, 자존심 센 사람이든 그렇지 않은 사람이든. 밥에 무슨 차례가 있으며 사람 창자에 무슨 층하가 있겠는가? 그러니 아이들 밥 먹이는 일을 두고 시비 걸던 이들, 지금은 서민들 밥그릇(최저임금) 가지고 시비 거는 이들에게 권한다. 그쯤하고 이제 함께 밥을 먹는 게 어떤가? 우리는 기꺼이 당신들과 밥을 나눌 마음이 있다.

치사한 돈, 아름다운 돈

돈에 얽힌 이런 말 저런 말

요새 힘깨나 있고 돈깨나 있다는 사람들 언저리에서 들려오는 소문에는 하나같이 구린내가 풀풀 나더라. 누가 누구한테 뇌물을 줬느니, 그 대가로 무슨 '특혜'를 받았느니 하는 얘긴 하도 자주 들어서 이제 놀랍지도 않다. 땅 투기하고 세금 떼어먹고 거짓말하고 속임수 쓰는 것도 그쪽 사람들한텐 예삿일 같다. 눈가림으로 꾸며 대고 뒷구멍으로 딴짓하고 애먼 사람한테 죄 덮어씌우고 하는 것도 매한가지다. 알고 보면 다 돈 얘기다. 돈 때문에 참 별별 더러운 일이 다 생긴다.

내가 이렇게 혀를 차니까 누가 옆에서 그러더라. 너는 왜 돈을 그렇게 나쁘게만 보느냐고. 천만에, 나는 돈을 나쁘게 보지 않는다. 돈 자체는 좋은 것도 나쁜 것도 아니다. 좋고 나쁜 건 돈이 아니라 그 돈을 쓰는 사람 마음에 달렸다. 이를테면 어떤 사람은 돈으로 남의 목숨을 살리기도 한다. 그런가 하면 어떤 사람은 돈 때문에 남의 목숨을 빼앗는다. 한 가지 분명한 건, 권력자와 부자들이 돈 가지고 착한 일 하는 꼴은 거의 못 봤다는 거다. 대개 힘없고 가난한 사람들이 더 돈을 귀하게 쓴다.

벼슬아치들과 부자들 노는 동네에는 돈이 참 어마어마하게 많은가 보다. 몇백만 몇천만 원쯤은 '잔돈' 축에 드는 것 같고, 몇억이니 몇십억 원이니 하다가 그예 몇백억 몇천억 원 소리까지 나오면 말 그대로 '억!' 소리가 난다. 그런 얘기 듣다 보면 무척 궁금해진다. 그 사람들은 도대체 뭘 해서 그 많은 돈을 벌었을까? 상식으로 보면 사람이 '일을 해서' 그 많은 돈을 벌 수는 없다. 그렇다면 설마?

어쨌든 그렇게 많은 돈을 '뭉칫돈'이라고들 하더라. 옛날에는 '짝돈'이라고도 했는데, 궤짝으로 한 짝이나 된다고 해서 그런 이름이 생겼다. 요새는 '차돈'이라고 해도 되겠다. 무슨 말이냐고? 자동차로 한 차 가득 되는 돈 말이다. '차떼기'란 말도 있지 않았나?

비슷한 말로 '모갯돈'이 있다. 이것저것 한데 많이 모아 놓은 것을 '모개'라 했으니 곧 '큰돈'이고 '목돈'이다. 이런 돈이 공으로 생기면 그야말로 '돈벼락'을 맞은 셈이다. '공돈' 좋아하지 않는 사람 없다지만, 그런 걸 너무 밝히면 뒤탈이 난다니 조심할 일이다.

'벼슬덤'은 벼슬아치가 정식으로 받는 '녹봉' 말고 덤으로 얻는 돈이다. 요샛말로 하자면 '판공비'나 '특수활동비' 같은 것이다. 이런 돈을 맑게 써야 제대로 된 벼슬아치 아니겠나. '구실'은 세금을 가리키는 토박이말인데, 가만히 보면 핑곗거리라는 뜻의 '구실'과 말이 같아서 공교롭다는 생각이 든다. 말이야 바른말이지, 이 구실 저 구실 다 대고 있는 구실 없는 구실 다 붙여 그러쥐고 안 내놓고 (부자들), 그런 구실로 다 뜯기는 게(서민들) 세금 아니더냐.

'뒷돈'은 본디 노름판 같은 데서 뒤로 대는 밑천을 일컬었지만, 요새는 남몰래 주고받는 떳떳하지 못한 돈을 가리키는 말이 되었다. '입씻이'는 뒤가 구린 사람이 남의 입을 막으려고 건네는 돈을 말한다. '꾹돈'은 남몰래 뒤로 꾹 찔러준다고 해서 생긴 북녘 말이다. 이런 건 다 냄새나는 돈이다.

'걸태질'은 체면 가리지 않고 게걸스럽게 돈을 긁어모으는 짓을 말하고, '돈독이 올랐다'는 건 돈을 지나치게 밝혀 고약한 짓도 마다지 않는 꼴을 이른다. '뒷주머니'는 뒤에 차는 주머니가 아니라 남몰래 숨겨 둔 돈이다. 요샛말로 하자면 '비자금'쯤 될 터인데, 아무리 꼭꼭 숨겨 놔도 구린내 풍기는 것까진 못 막을 테지.

이런 게 다 권세 있고 돈 많은 사람들 얘기라면, 이제부터 나오는 건 가난한 백성들 쪽 말이다. 우선 '생돈'은 공연히 쓰여 억울한 돈인데, 남의 생돈 거둬 제멋대로 쓰는 벼슬아치는 예나 이제나 백성들 원성을 사게 된다. '푼돈'은 몇 닢 안 되는 하찮은 돈이지만 서민들한텐 이런 돈도 귀하다. '코 묻은 돈'이나 '귀 떨어진 돈' 또는 '대푼'도 비슷한 말이다.

돈 없는 사람이 빚을 내 쓰다 보면 '빚구럭'에 빠지는 건 일도 아니다. 빚이 산더미처럼 많으면 '빚가리'도 되고 '빚더미'도 된다. 귀한 물건은 더러 '웃돈'을 얹어 주고 사는 일도 있다. 요새 서양말 좋아하는 사람들은 '프리미엄'이라고도 하더라만, 암만 들어 봐도 그 말맛이 '웃돈'만 못하다. '노랑돈'은 몹시 아끼는 작은 돈이고 '헛돈'은 허투루 쓰는 돈이다. 헛돈 말이 나왔으니 말인데, 우리가 알뜰살뜰 낸 세금이 엉뚱한 곳으로 흘러들어가 헛돈 되는 꼴을 보면 속이 뒤집히더라.

하지만 치사하기로 말하면 뭐니 뭐니 해도 '최저임금'에 거는 시비만 한 게 없을 듯하다. 몇 해 전 정부에서 최저임금 올리자고 한 뒤부터 이 나라 부자들은 하루도 그걸 두고 시비 안 건 날이 없으니 말이다. 어마어마한 모갯돈 가진 이들이 가난한 노동자 품삯 푼돈 몇백 원 더 올려 주자는 걸 가지고 곧 세상이 망할 것처럼 엄살을 떨어 대니, 그걸 뭐 어떻게 봐줘야 할지 정말 모르겠다. 요새는 또 노동자들 주 52시간 일하게 하자는 걸 두고 '배불렀다'고 트집을 잡는 판이다. 글쎄, 그런 말 하는 사람들은 대체 주 몇 시간이나 일하는지 정말 알고 싶다.

　지금까지 어두운 얘기만 했지만, 돈에는 이런 치사한 돈만 있는 게 아니라 아름다운 돈도 있다. 가난한 사람들이 한 푼 두 푼 추렴하여 더 가난한 사람을 돕기도 하고, 어린아이들이 용돈을 아껴 모아 몸이 불편한 사람과 병들어 고생하는 사람을 돕기도 한다. 물난리나 불이 나서 이재민들이 생기면 온 나라 곳곳에서 성금이 모여들고, 누군가 옳은 일을 시작하면 너도나도 푼돈을 보내 힘을 보태준다. 그러고 보면 부자들보다 가난한 사람들이 돈을 더 슬기롭게 쓰는 것 같다.

신상녀와 품절남
소비주의 시대의 이런 말 저런 말

세상이 자본화, 상업화되면서 물건 사고파는 일이 우리 삶의 한 가운데를 차지하게 됐다. 요즘 사람들은 눈만 뜨면 신문, 잡지, 라디오, 텔레비전에서 요란하게 쏟아 내는 상품광고를 보고 들으며 하루를 시작한다. 출근하는 길, 버스와 지하철 안에서도 우리 눈은 상품광고에서 벗어날 수 없다. 일하는 틈틈이 '인터넷 쇼핑몰'을 뒤져 마음에 드는 물건을 고르고, 퇴근하기 전에 점찍어 둔 물건을 인터넷으로 주문한다. 퇴근하는 길에는 '쇼핑센터'에 들러 수레 한가득 물건을 사고, 집에 돌아오면 '홈쇼핑 채널'을 보며 전화로 물건을 주문한다.

이렇듯 상품광고와 '쇼핑'의 홍수 속에서 우리는 점점 '소비동물'로 길들어 간다. 요새 사람들은 웬만해서는 단 하루도 물건을 사는 일이나 물건을 사고 싶은 마음에서 벗어나기 힘들다. 정말 어지간히 독한 마음을 먹지 않고서는, 꼭 필요한 물건을 필요한 만큼만 사면서 살아가기도 어렵다. 시쳇말로 '간지 나는' 물건과 '지름신'의 손짓이 때를 가리지 않고 우리를 꾀기 때문이다. 바야흐로 '쇼핑의 시대'다. 그와 함께 말도 이러한 시대 흐름에 맞게 바뀌어 가고 있다.

백화점과 '아웃렛'에서는 철이 바뀔 때마다 '신상품'을 바리바리 쌓아 놓고 광고에 열을 올린다. 신상품은 새로 들여놓은 물건이란 뜻인데, 요새는 일본말을 그대로 따와서 '신상'이라고도 하더라. '신상녀'란 새로 나온 물건을 재빠르게 사는 여자, 다시 말해 유행에 민감하고 멋 부리는 여자를 가리키는 말이다. 이때 물건이란 대개 옷가지들이니 그냥 '새로 나온 옷'이라 하면 너끈하다. 마찬가지로 '이월상품'은 '철 지난 옷'이라 하면 두말없으리라.

'사은품'은 큰 물건을 사면 끼워 주는 작은 물건이나 거저 주는 물건을 가리킨다. '사은'이라니 참 고마워서 절을 하며 주는 것 같은데 사실은 이것도 다 장삿속이다. 백화점 같은 데서 하는 짓을 보면 얼마어치는 사야만 준다고 하니 미끼밖에 더 되나. 이를테면 산 물건이 만 원어치 넘어야 사은품을 준다고 하면, 칠천 원어치 물건 산 사람은 그게 탐이 나서 긴요하지도 않은 물건 삼천 원어치를 더 사게 되는 것이다. 우리말로는 '덤'이라는 게 있는데, 이건 말 그대로 홍정이 끝난 다음에 인심 써서 더 얹어 주는 물건을 가리킨다. 옛사람들 넉넉한 인심이 묻어나는 대목이다.

'바겐세일'은 좋은 값에 물건 파는 일을 뜻하는 들온말인데, 요새는 일본식으로 줄여서 그냥 '세일'이라고 하는 바람에 본뜻과는 멀어졌다. 이것을 한자말로 하면 '할인판매'가 될 테고 우리말로 하면 '떨이'나 '에누리판'쯤 되겠다. 에누리는 본디 물건을 파는 사람이 값을 조금 더 부르는 일을 가리키는 말이었으나, 요새는 물건을 사는 사람이 값을 깎는 일을 가리키는 말로 굳어졌다.

'할부판매'는 말하자면 '외상거래'인 셈인데, 외상과 맞서는 말로는 '맞돈'이 있다. 물건을 먼저 받고 돈을 나중에 주면 외상이요, 돈을 미리 주고 물건을 받으면 맞돈 거래다. 물건값을 여러 차례에 걸쳐 나누어 내는 것을 '드림셈'이라고도 하였다.

상업주의가 활개를 치다 보니 반갑잖은 선입견도 생겼다. '고가'는 본디 '비싼 값'이란 뜻이건만 어느새 '고급스러운'이란 뜻이 되었고, '저렴한'은 '값싼'과 바꿔 쓸 수 있는 말인데 언제부터인가 '질 낮은'이라는 뜻으로 둔갑했다. 과연 값이 비싼 것은 다 좋고 값이 싼 것은 다 나쁜가?

'싸구려'는 본디 저자에서 장사꾼들이 외친 말에서 비롯된 것으로 시세보다 싸게 파는 물건을 가리켰다. 다시 말해 질이 떨어지는 게 아니라 값이 싼 것이다. 싸게 사는 물건을 '싼거리'라고도 했는데, 이런 물건 사면 누구나 횡재했다고 좋아했다. 품질이 떨어지는 물건은 '나지라기'나 '아랫길' 또는 '핫길'이라고 했다. '길'이 곧 물건의 질을 가리키는 말로, 고만고만한 것은 '중길', 썩 좋은 물건은 '윗길'이라 했다.

값이 싸다는 뜻으로 '값이 눅다'는 말도 즐겨 썼다. 그래서 시세보다 싼 물건을 '눅거리'라고도 했는데, 가만히 들어 보면 감칠맛이 뚝뚝 묻어난다. 눅다는 건 알다시피 무던하고 너그럽고 부드러운 것을 말한다. 춥던 날씨가 따뜻해지면 '날이 참 눅다'고 했고, 고약하던 성미가 누그러지면 '그 사람 성질이 눅었다'고 했다. 그런 느낌으로 '눅거리'라는 말도 만들어 썼으리라. 이런 걸 보면 싸구려나 '저렴한' 물건은 곧 질이 떨어지는 물건이요 '고가의' 물건이라야 고급스럽다는 건 가당찮은 편견일 뿐이다.

'명품'은 솜씨나 값어치가 뛰어난 작품을 뜻하는 말이건만 어찌된 일인지 요새는 값비싼 외국산 물건을 가리키는 말이 됐다. 그것도 서양 몇몇 나라의 이름난 상표를 단 물건이라야 명품 축에 들 수 있다. 그러니까 아무리 잘 만들어도 국산이면 안 되고, 서양 것이라도 이름난 상표가 아니면 안 되는 것이다. 요컨대 명품이냐 아니냐는 물건의 질이 결정하는 게 아니라 상표가 결정한다.

명품을 그럴듯하게 베낀 물건을 '짝퉁'이라고 하는데, 이것은 '가짜' 또는 '날림치'라는 토박이말로 바꿔 쓸 수 있다. 다른 걸 흉내 내거나 날림으로 만든 물건을 가리키는 말이다. 이에 견주어 옳게 제대로 만든 물건은 '진짜' 또는 '정짜'라고 하면 된다.

상업주의 소비문화는 돈이 만든 것이다. 돈은 힘을 따른다. 그래서 큰 것이 작은 것을 삼키고 힘센 것이 약한 것을 잡아먹는다. 날이 갈수록 동네 '구멍가게'는 줄줄이 문을 닫고 '대형 쇼핑몰'만 공룡처럼 몸을 불리는 까닭이 여기에 있다. 이러다가는 '난장'은 물론이고 '오일장'이나 '도떼기시장, 번개시장, 벼룩시장'까지 모조리 없어지지나 않을까 걱정이다.

큰 것은 번듯한 겉보기와 달리 속내는 괴물인 경우가 많다. 그것은 마치 불가사리와 같아서 엄청난 식욕으로 모든 것을 빨아들여 먹어 치운다. 어쩌면 사람과 그에 딸린 인간성까지도! 돈과 물건이 사람을 지배하는 세상은 생각만 해도 끔찍하다.

정말 걱정인 것은 우리 마음까지도 알게 모르게 그 바람에 물들어 가는 조짐이 보인다는 것이다. 어느덧 사람마저 상품이 돼 가고 있지만, 어느 누구도 그것을 심각하게 받아들이지 않는 것 같다. 이를테면 요새 처녀들은 이미 결혼한 괜찮은 남자를 두고 '품절남'이라고 하더라. 맘에 드는 '신상'이 있어 달려가 보니 이미 팔려 나가서 안타깝다는 얘기다.

그런가 하면 시부모가 장가간 아들을, 친정부모가 시집간 딸을 뒷바라지하는 걸 두고 서슴없이 '에이에스(애프터서비스)'라고 한다. 그뿐 아니다. 처녀총각이 사귀다가 헤어지는 걸 두고 '반품'이라 하지를 않나, 그럴 때 줬던 물건 돌려받는 걸 '환불'이라 하지를 않나. 우스개인 줄은 안다마는, 그래서 그냥 웃어넘길 수밖엔 없다마는, 그래도 뒷맛은 영 씁쓸하다.

노잼은 노답?
말 줄여 쓰기 풍경

"얘, 게서 뭐하니?"

어디서나 예사로 들을 수 있는 이 말은 준말이다. 그럼 본딧말은 뭘까? '이 아이야, 거기에서 무엇(을) 하니?'라고 봐야 한다. 그런데 이렇게 본딧말로 말하는 사람이 거의 없는 것을 보면, 말 줄여 쓰기는 아주 예사로운 일이란 걸 알겠다.

준말은 글말보다 입말에서 두드러진다. 입말에는 소리마디(음절)를 줄이려고 하는 버릇이 있는데, 이것은 같은 값이면 한 마디라도 줄여서 쉽게 말하고자 하는 뜻에서 나왔다. 말하자면 '말의 경제성'을 따른 결과라 할 수 있다. 말을 쉽게 하고자 하는 것은 본능에 가깝고, 또 매우 자연스러운 일이다.

그러고 보면 우리는 일상생활 속에서 준말을 참 많이 쓴다. 마디가 많은 낱말일수록 줄이는 게 예사다. 낱소리를 줄이기도 하지만, 낱자를 통째로 들어내어 줄이기도 한다. 이를테면 한국전력주식회사는 '한전', 대한주택공사는 '주공', 한국도로공사는 '도공'으로 줄여 쓴다. 자기소개서를 '자소서'로, 취업준비생을 '취준생'으로, 중앙도서관을 '중도'로 줄여 말한다고 해서 안 될 리 없다. 뜻만 통한다면 말이다.

말을 줄일 때 우리는 보통 이렇게 소리마디를 줄이는데, 일본사람들은 머리만 남기고 꼬리를 자른다. 이를테면 매스 커뮤니케이션을 '매스컴', 에어 컨디셔너를 '에어컨'으로 줄여 쓴다. 남의 나라사람들이 뭘 어떻게 쓰든 상관할 바는 아닌데, 문제는 우리가 그걸그대로 본떠서 쓴다는 데 있다. 뭘 많이 안다는 사람들일수록 그렇다. 이건 그냥 우리말로 대중매체, 냉방기라고 하면 탈 날 일 없다.

요즘은 달라진 것 같지만, 옛날엔 텔레비전을 많이들 '테레비'라고 했다. 요새도 나이 든 사람들 가운데는 이렇게 말하는 사람 꽤 있다. 이게 일본말이라는 걸 모르는 이는 없을 것이다. 또 흔히들 말하는 '스텐(스뎅)'은 본딧말이 '스테인레스 스틸'이다. 녹슬지 않는 쇠붙이라는 뜻인데, '스텐'이라고 일본식으로 뒤를 잘라먹음으로써 도리어 '녹'이라는 뜻이 돼 버렸다. 긴 말을 줄이는 건 좋은데, 이렇게까지 일본을 따라 할 필요가 있나 하는 생각이 든다. 이 경우엔 본딧말을 그대로 두든지, 줄이려면 우리식으로 줄이든지, 아예 새로운 우리말을 만들든지 하는 게 낫겠다.

일본말 이야기가 나왔으니 하는 말인데, 돈가스는 좀 요상한 줄임말이다. 이것이 일본말이란 건 다들 아는 것 같은데, 어떻게 생긴 건지 그 내력은 잘 모르는 것 같더라. (하긴, 어떤 말이 어떻게 생긴 건지 시시콜콜 따지는 일이 왜 필요하냐고 물으면 할 말 없다.) 서양말로 얇게 저민 고기 튀김을 '커틀릿'이라고 하는데, 이 말이 일본으로 건너가 '가추레또'가 됐다. (이는 된소리는 예사소리로, 'ㅓ'는 'ㅏ'로, 'ㅌ'은 'ㅊ'으로, 'ㄹㄹ'은 'ㄹ'로, 받침소리는 첫소리로, 'ㅡ'는 'ㅗ'로 바뀌는 일본식 소리 법칙에 따라 생긴 말이다.)

이 '가추레또'를 일본식 줄임법에 따라 뒤를 잘라내니까 '가추'가 되고, 앞에 돼지고기라는 한자말 '돈'을 붙여서 '돈가추'가 됐다. 이것이 우리나라 사람들 소리내기에 알맞게 바뀐 것이 '돈가스'다. 이건 그냥 우리말로 '돼지고기 튀김'이라고 하든지, 정 다른 나라 말을 쓰고 싶으면 '돼지고기 커틀릿'이라고 하는 게 그나마 나을 것 같다.

그건 그렇고, 요새 들어 젊은이들 사이에서는 온라인을 중심으로 말 줄이기가 유행인 듯하다. 이를테면 '빼박'은 '빼도 박도 못한다'는 뜻이고, '솔까말'은 '솔직하게 까놓고 말한다'는 뜻이란다. 그런가 하면 '갑분싸'는 '갑자기 분위기가 싸해졌다(가라앉았다)'는 뜻이고, '넘사벽'은 '넘을 수 없는 사차원의 벽'을 줄인 것으로 도저히 따라잡을 수 없는 사람이나 상태를 이르는 말이란다. 재미있긴 하지만 이런 말에 익숙하지 않은 사람들에게는 낯설 수도 있겠다.

이런 말 좀 더 알아보자. '까도남'과 '차도남'은 각각 '까칠한 도시 남자'와 '차가운 도시 남자'라는 뜻이고, '남아공'은 '남아서 공부나 하라'는 뜻이다. '버카충'은 '버스 카드 충전'을 뜻하고 '생선'은 '생일 선물', '문상'은 '문화상품권'을 가리킨다. '제곧내'는 '제목이 곧 내용'이라는 뜻으로 전자우편 같은 데서 주로 쓴다. 우리 같은 구닥다리들은 이런 말도 새롭지만, 젊은이들 사이에선 이런 정도는 이미 한물간 태곳적 말이라니 신기할 뿐이다.

여기까지는, 좀 낯설긴 하지만 대강 짐작이라도 할 수 있는 말들이다. 그런데 '아아(아이스 아메리카노)'에 이르면 좀 난감해진다. 이렇게까지 줄여야 하나, 그냥 우리말로 '얼음 커피'라고 하면 안 되나, 별별 생각이 다 든다. '설참'은 뭔가 했더니 '설명을 참고하라'는 뜻이라는데, 처음 들으면 짐작하기도 어렵다. 보조배터리를 '보배'라고 하는 건 뜬금없어 웃음부터 나온다. 글쎄, 어쨌든 재미는 있다고 해야 할까.

이 글 읽는 분들, 혹시 '만반잘부'가 무슨 뜻인지 아시는지? 또

'번달번줌'은? 그것이 각각 '만나서 반가워, 잘 부탁해'와 '번호 달라면 번호 줌?'의 줄임말이라는 걸 알고 나면 좀 허탈해질 수도 있다. 비슷한 보기로 '안물안궁'이 있는데 이건 '안 물어 봤고, 안 궁금하다'라는 뜻이란다. 또 '엄근진'은 '엄격 근엄 진지한 것'을, '꾸안꾸'는 '꾸민 듯 안 꾸민 듯한 것'을 말한다니, 이쯤 되면 '별다줄(별걸다 줄인다)'이라고 핀잔 들을 만하다. 또 나이 든 이들에겐 '문화충격'이 될 법도 하다.

요새 젊은이들은 대개 유무선으로 소통한다. 그래서 말을 주고받을 때도 입보다 손을 더 많이 쓴다. 그러다 보니 컴퓨터든 손전화든 자판을 하나라도 적게 두드리려는 버릇이 생겼고, 거기에서 이런 줄임말이 나왔다.

그런데 줄임말이든 새로 만든 말이든 문제는 소통이다. 남이 알아듣지 못하는 말은 아무리 재미있어도 좋은 말이라고 할 수 없다. 여러 사람이 못 알아듣고 우리끼리만 알아듣는 말이라면, 그건 줄임말이 아니라 변말(은어)이 돼 버린다. 변말은 끼리끼리만 써야지 여럿한테 쓰면 안 된다.

요새 들어 첫소리만 쓰는 것도 유행이 되었다. 이를테면 고맙다는 뜻으로 'ㄱㅅ'을, 축하한다는 뜻으로 'ㅊㅋ'을, 인정한다는 뜻으로 'ㅇㅈ'을 쓰는 것 따위이다. 이 또한 자판 두드림을 최소화하려는 버릇에서 나온 것인데, 재미있을지는 몰라도 알아먹기는 쉽지 않다. 두 낱자 정도는 그래도 덜하지만, 세 글자 네 글자를 넘어가면 정말 어려운 수수께끼 풀듯 머리를 싸매야 한다. 이쯤 되면 줄임말이라기보다 암호에 가까워진다. 암호는 애당초 소통을 목적으로 만든 것이 아니다.

요새 유행하는 줄임말에는 다른 나라 말이 섞인 것도 많다. 이를테면 '반모'와 '존모' 같은 건데, 각각 '반말 모드(상태)'와 '존댓말 모드'를 나타낸다는 걸 알고 나면 싱겁다. 학생들 사이에선 '노잼'이나 '노답' 같은 말도 많이 쓰나 본데, 각각 '재미 없음'과 '답 없음'을 가리키는 말이란 건 짐작이 간다. 그런가 하면 '인싸, 아싸' 같은 말도 많이 쓴다. 이건 각각 '내부자(인사이더)'와 '외부자(아웃사이더)'를 가리키는 줄임말이다. 짐작한 것처럼 여럿 속에 들어가 잘 어울리고 분위기를 이끄는 사람이 인싸다. 이런 말에는 나름의 규칙이 있는데, 이를테면 '핵'이나 '개'가 붙으면 강조하는 뜻이 된다. 그러니까 '핵인싸'는 인싸 가운데서도 으뜸인 사람을 가리키는 것이다.

'뇌피셜'은 뭔가 했더니 '머리로만 생각해서 짐작하고 주장하는 것'을 뜻한단다. '뇌'와 '오피셜'을 합친 말로, 근거 없이 생각만으로 우기는 것을 풍자하는 말 같다. '워라밸'은 '일(워크)과 삶(라이프)의 균형(밸런스)'을 합한 줄임말이라는데, 굳이 이렇게 다른 나라 말을 써야 하나 싶기도 하다. 하긴, 아예 로마자로만 만든 '티엠아이(투 머치 인포메이션, 곧 너무 많은 정보)' 같은 말도 있고 보면, 서양말에 젖어 사는 젊은이들 사이에선 이런 게 자연스러울 수도 있겠다 싶 다. 하지만 아무래도 썩 개운치는 않다.

줄임말에는 세태를 비춘 말도 많다. 혹시 '인구론'이 무슨 뜻인지 아시는지? 영국 경제학자 맬서스를 떠올렸다면 너무 순진하다. '인 문계는 구십 퍼센트가 논다'는 뜻이란다. 일자리 못 찾은 요즘 젊 은이들 모습이 그대로 드러나는 말이다. '갑통알'은 '갑자기 통장을 보니 알바(아르바이트)라도 해야겠다'는 뜻이고, '장미족'은 '장기간 미취업자 신세'라는 뜻이란다. 이 모두가 실업자 많은 세태를 딛고 태어난 줄임말이다.

그런가 하면 '자낳괴'는 '자본주의가 낳은 괴물'을 말한다. 돈 앞 에서 양심도 신념도 쉽게 버리는 요새 사람들 모습이 떠오르면서 씁쓸한 마음을 억누를 수가 없다. '미자'는 여자 이름이 아니라 '미 국 자본주의'를 줄인 말이다. 다시 말해 갈 데까지 간 극단 자본주 의로, 돈이면 뭐든지 된다는 생각이 낳은 괴물이다. 모두 요새 같은 배금주의 세상이 아니면 생길 수 없는 줄임말이다.

말속에는 세상이 담기고 생각이 담긴다. 줄임말 하나에도 이 시 대를 사는 우리 모습이 그대로 드러나는 까닭이 이러하다. 그래서 이 땅의 어른들에게 권한다. 말을 함부로 줄여서 '국어를 파괴'한다고 젊은이들을 나무라기만 할 게 아니라, 그런 말 한 마디 한 마디에 담긴 젊은이들 삶과 생각을 헤아려 보자. 그리하여 공감하며 함께 문제를 푸는 일에 나서자.

또 젊은이들에게 부탁한다. 말을 바르게 하자는 어른들 충고를 꼰대 잔소리라고 흘려들을 게 아니라, 말의 생명이 소통이라는 점을 생각하자. 그리하여 '우리끼리만' 알아듣는 말보다 모든 사람이 함께 알아들을 수 있는 말로 세상을 밝히자.

누구나 쉽게 쓰는 우리말

2020년 7월 27일 1판 1쇄 펴냄 | 2022년 5월 24일 1판 3쇄 펴냄

글 서정오
편집 김로미, 이경희 | **교정** 김성재
디자인 이종희 | **제작** 심준엽
영업 나길훈, 안명선, 양병희, 원숙영, 조현정
독자 사업(잡지) 김빛나래, 정영지 | **새사업팀** 조서연
경영 지원 신종호, 임혜정, 한선희
인쇄와 제본 (주)상지사P&B

펴낸이 유문숙 | **펴낸 곳** (주)도서출판 보리 | **출판 등록** 1991년 8월 6일 제9-279호
주소 (10881) 경기도 파주시 직지길 492
전화 031-955-3535 | **전송** 031-950-9501
누리집 www.boribook.com | **전자우편** bori@boribook.com

보리는 나무 한 그루를 베어 낼 가치가 있는지 생각하며 책을 만듭니다.

ISBN 979-11-6314-131-0 03800

이 도서의 국립중앙도서관 출판예정도서목록(CIP)은 서지정보유통지원시스템 홈페이지
(http://seoji.nl.go.kr)와 국가자료공동목록시스템(http://www.nl.go.kr/kolisnet)에서
이용하실 수 있습니다. (CIP제어번호: CIP2020027270)